Kanae & Ikushima

「官能の２時間をあなたへ」

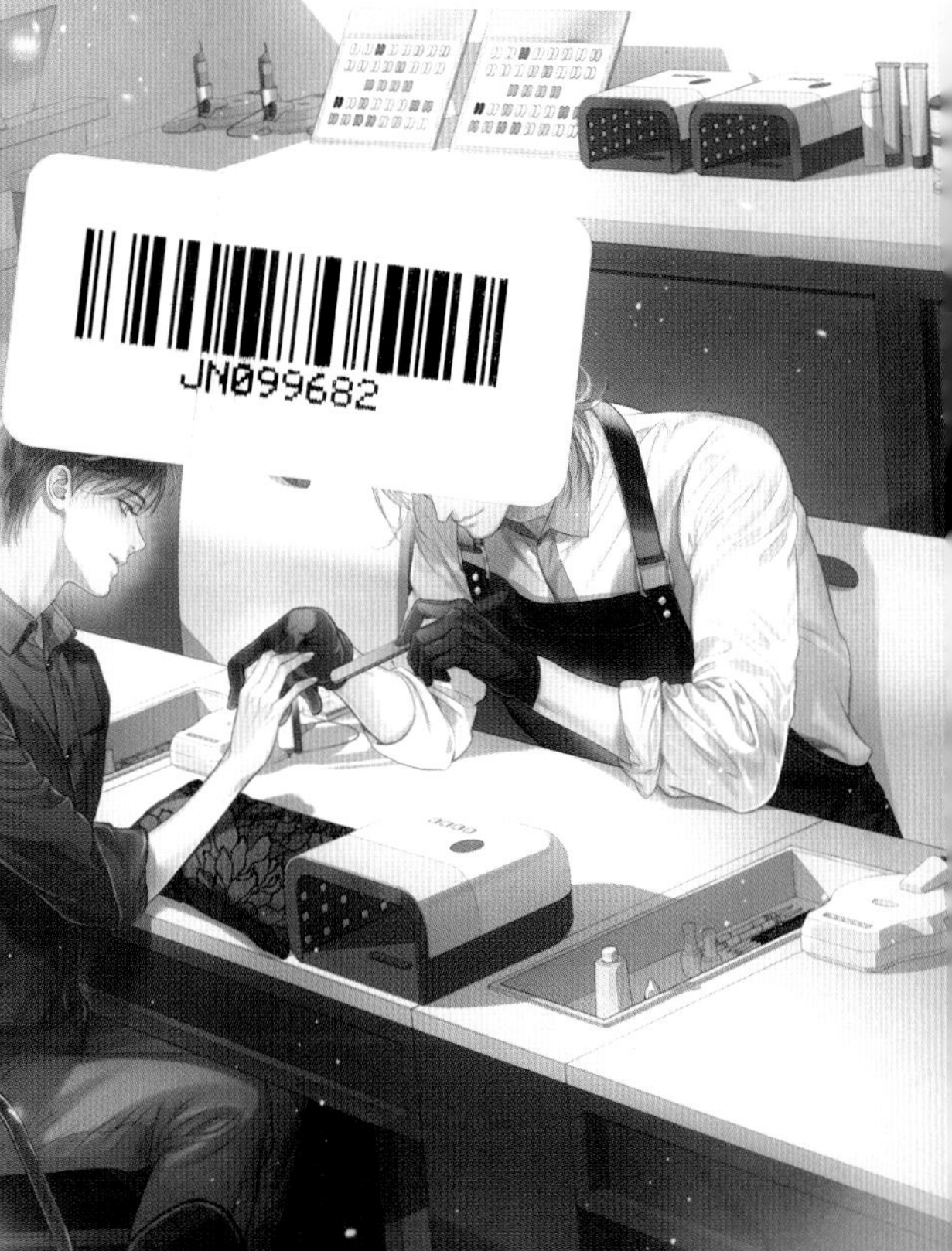

JN099682

官能の2時間をあなたへ

秀 香穂里

キャラ文庫

この作品はフィクションです。
実在の人物・団体・事件などにはいっさい関係ありません。

目次

口絵・本文イラスト／Ｃｉｅｌ

序章

あの日と同じように、海は輝いていた。打ち寄せる波は春の陽射しを受けてダイヤモンドのようにきらきらと砕け散る。

波打ち際に立つ岡崎叶は右手に一輪の赤いカーネーションを握り、薄ぼんやりとした青空を見上げ、パーカの裾をふわりと風にふくらませていた。

空に溶けゆく雲を泳ぐようにトンビが旋回し、甲高い鳴き声をあたりに響かせている。海と空の境目はなく、どこまでも繋がっていた。

夏よりも穏やかだが、ときどき思わぬ荒さを見せる波が白いスニーカーをじわりと濡らす。叶は一歩うしろに下がったが、それ以上動こうとしなかった。動きたくなかった。

この海には、毎年来ている。

たったひとりで訪れ、かならずカーネーションを持ってきた。

春先の天候はころころと変わりやすい。今日のように晴れていることもあれば、どんよりと重い雲が遠くまで広がっていることもある。強い雨が海面を打つ日もあった。気温も一定せず、長袖のシャツにパーカを羽織るだけで大丈夫な日もあれば、冬のダウンジャケットを引っ張り出す日もあった。


叶以外には誰もいない浜辺は湘南の端にある。夏場、大勢のひとがやってくる人気スポットからいくつかの岩を乗り越えると、途端に静かになる。

聞こえるのは波音とトンビの鳴き声だけ。

あの日――十七年前の海も今日と寸分違わずまぶしく輝き、視線を釘付けにする。空の色も、たなびく雲も、すべてがあの日と同じように思えて仕方がない。

異なる点をひとつだけ探すとなったら、楽しげな笑い声だ。

『置いていっちゃうよ』

何年経っても色褪せない笑い声をこころの奥で聞きながら、叶はカーネーションを遠くに投げた。


赤い花はすぐに波にさらわれていく。

母と妹を呑み込んだ波と同じように。

一

「誕生日プレゼントに花を贈りたいんですけど、どっちがいいか迷ってるんですよね。ピンクのガーベラも可愛いし、こっちの白いマーガレットもいいなあ。店員さん、おすすめとかってあります？」

真夏の装いらしく、まぶしい白のワンピースをまとった二十代の女性に尋ねられ、叶は内心とまどいながらも笑顔を向ける。店先のスタンドにはみずみずしい花々が刺さっていて、客たちの目を楽しませていた。

「プレゼントするのはどんな方ですか」

「バイト先の先輩です。店員さんと同じ年くらいの男性なんですけど」

男性なら無難なマーガレットが受け取りやすい気がしたが、女性客は鮮やかなピンクのガーベラが気に入ったようだ。

受け取るひとの気持ちも大事だけれど、贈る側の好みが反映された花束もいい気がする。すこし迷った末に、ピンクのガーベラを指さした。

「このピンクはそう派手ではないので、かすみ草と合わせれば男性でも受け取りやすいかと思いますし、ガーベラは誰にでも喜ばれる花なので……、お客様のお好みで選んでいい気がします」

「ですよね！　じゃ、このガーベラでブーケを作ってください」

「かしこまりました」

手際よく綺麗なブーケを作って客に渡し、代金を受け取った。

満足そうな客が立ち去ると、そばにいた店長である四葉が苦笑していた。

「岡崎くんって自分の意見を言うのが苦手だよね。ガーベラもマーガレットも可愛いけど、きみと同年代の男性が受け取るならマーガレットのほうがもらいやすい感じするけど」

自分自身そう思っていたことを指摘され、身をすくめた。

「……すみません、なんとなくあのお客様が好きそうなガーベラがいいのかなって迷ってしまって」

「べつに悪いって言ってるわけじゃないない」

恐縮する叶に、四葉が慌てて手を振る。

「ただ、フローリストならプレゼントされる側の気持ちも想像するのが大事なんじゃないかな。お代をちょうだいしている以上、プロのアドバイスは重要になってくるし」

「気をつけます」

四葉の言うとおり、叶は自分なりの意見を口にするよりも、相手の顔色を窺(うかが)うことが多かった。幼い頃からどんな場においても、自分がなにを感じているかということより、どうすれば相手に気に入ってもらえるかとつねに案じている。

そんな気弱さを内心恥じ、いつか克服したいと思っているのだが、解決策はなかなか見つからないままだ。

ひっそりとため息をつきながらスタンドの花をそろえていると、「岡崎さん」と覚えのある声が聞こえてきた。振り向けば、妙齢の女性が微笑(ほほえ)んでいる。

「こんにちは、いつものようにブーケを作ってくださる?」

「もちろんです。今回はどんなカラーでまとめましょうか」

気を取り直してにこやかに答えると、彼女——松本明奈(まつもとあきな)は華やかな店内をぐるりと見渡し、「イエローがいいな」と無邪気に笑う。艶(つや)やかな巻き髪に涼しげなベージュのワンピースは品があり、真っ赤なヒールとよく似合っている。ひと目見て、裕福な暮らしを享受しているとわかる女性だ。

「夏だから、ひまわりにしましょうか」

「そうね、それがいいわね」

来店するたび、松本は新鮮な花をさっと見て好みを口にしてくれるから、叶にとってありがたい客だ。

ネイビーのエプロンをはためかせ、店先で一番目につくひまわりを三本手にし、イエローが映えるように濃いシダで囲む。それだけではすこし寂しい感じなので、一度はかすみ草を添えたが、逆に野暮ったい。ここは思いきってひまわりとシダだけにした。このほうがすっきりしているし、主役のひまわりが鮮やかになる。

茎の根元をはさみで切りそろえ、白い紙でくるりと包んだ。それを受け取った松本は嬉しそうにクレジットカードを渡してきた。その爪先はほのかなピンクのグラデーションで彩られている。いつ会っても、頭のてっぺんから足の爪先まで完璧な女性だ。

「可愛いわね、ひまわりも。前に沖縄に行ったとき、一面のひまわり畑を見たことがあるの。そのひまわりはもっと大きくて、赤ちゃんの顔くらいはあったかしら。真っ青な空に向かって元気に咲いているひまわりは力強かった。でも、家の中に飾るならこのぐらいのサイズがいいわね」

「ひまわりもずいぶんと品種改良されていますから、気軽に飾れるようになりました」

「岡崎さんに花を選んでもらうようになってから、夫も喜ぶのよ。センスがいいって。ごてごてに飾り付ける店が多いけれど、ここは違うわ。シンプルで、部屋のどこに飾っても素敵なの。これ、どこに置くのがいいと思う?」

こういう質問ならすぐに答えられる。花のことなら自信がある。

「日当たりがいい場所をおすすめします。向日葵、というだけありますから」

「だったらダイニングルームに飾るわ。今回もありがとう。また来週もお願いするわね」

「ありがとうございます。いつでもお待ちしております」

お辞儀をする叶に微笑む松本は小気味よい足音を響かせ立ち去りかけたが、「あっ」と振り返った。

「この間の話、考えてくれた？」

「あ……まだ、すこし悩んでいまして」

叶の正直な言葉に松本はふふっと笑い、「そうよね」と小首を傾(かし)げる。

「突然の話だったものね。でも、岡崎さんにとって、けっして悪い話じゃないから。むしろ、キャリアアップに繋がると思うの。ここでのお仕事を邪魔するのでもないし。箔(はく)がつくわよ」

「そう、ですよね。とてもありがたいお誘いです。もうすこしだけお時間をいただけませんか。きちんとお返事しますので」

「楽しみに待ってるわ。じゃあね」

彼女の姿が視界からすっかり消え去るまで深々と頭を下げていた叶はひとつ息を吐き、残りすくなくなったひまわりのスタンドを丁寧にそろえた。

地下鉄神保町(じんぼうちょう)駅の構内にあるフラワーショップ『貴宮(たかみや)』に松本が来るようになって、もう半年近く経つ。ちょうど店がオープンしたのと同時に、松本は週に一度足を運んでくれている。

美しい容姿を誇る彼女は屈託がなく、最初に叶が接客したときから彩りのいいブーケを気に入ってくれていた、いわばありがたい顧客だ。慎ましい暮らしを送る叶でもわかるハイブランドの服や靴、バッグは毎回変わる。そのことにあえて目を留めたわけではない。ただ、松本くらいの富裕層が、わざわざ地下鉄を使うのはすこし不思議だった。運転手付きの自家用車、あるいはタクシーを乗り回していてもおかしくないのに。なにかの折にぽつりとそう呟いたら、『アンテナを広げるためにあちこち歩き回ってるの』と楽しげな声が返ってきた。

「叶くーん、そろそろランチタイムだよ」

四葉が明るく声をかけてきた。二十五歳の叶よりも三歳上の四葉は、チェーンである『貴宮』でもすぐれたセンスとタフさを兼ね備える女性で、以前は町田店に在籍していた。ほがらかな四葉は客にもスタッフにも分け隔てなく笑顔を向け、体力勝負のフラワーショップを率いるだけのことはある。

「ありがとうございます。じゃあ、行ってきますね」

「はーい」

エプロンを外し、店内の隠れた場所にあるロッカーからトートバッグを取り出すと、多くのひとが行き交う構内に待機する駅員に挨拶して改札を出た。

階段を上がれば、八月の強い陽射しが降り注いでいる。日傘を差す女性は以前から目にしていたが、最近は男性もちょくちょく見かける。真夏の東京は太陽が燃えさかるようだ。アスファルトは陽の光を吸収せず、それどころか激しく反射する。

いますぐ涼しいカフェに逃げ込みたいけれど、そんな贅沢は許されない。手作りのお弁当と麦茶が入ったステンレスボトルを詰めたトートバッグを肩から提げ、叶はビルの谷間を歩いていく。

さまざまなジャンルの古書店で賑わう通りから一本奥に入ると、表からは窺いしれないほどに静かだ。そこからさらに横道に抜ければ、こぢんまりとした公園に行き着く。

公園といっても猫の額ほどのもので、背の高い銀杏が一本、そしてベンチがあるきり。こんなところで子どもが遊ぶわけではないので、いつ来ても誰もいない。

ビルがひしめき合う都心にはたまにこういうスポットがある。建物を造るときに生まれる、ちょっとした切れ端のようなものだろうか。駐車場にするには不便で、店を構えるほどの広さでもない。となると、邪魔にならない程度の公園にしておこうか、と地主は考えたのかもしれない。

それが叶にはありがたかった。大きな葉を茂らせる銀杏の下にしつらえられたベンチに腰かけ、保冷剤を載せたお弁当箱を開く。暑い盛りにあまり凝ったものは作れないけれど、昼ごはんをしっかり食べておかないと午後の仕事が務まらない。

今日は梅干しを仕込んだおにぎりと、傷みにくい大葉とマヨネーズを混ぜたたまご焼き、キャベツのマリネだ。どれも今朝作ったもので、自分好みの味つけだからほっとする。

おにぎりをゆっくり食べながら、たまに銀杏を見上げる。重なった葉の隙間からちらちらと青空が見えた。

仕事柄、たくさんのひとに接するので、ひとりになれる時間は大切だ。スマートフォンは見ない。音楽も聴かない。ただ、すこし遠くから聞こえる喧噪に耳を澄ませ、お腹を満たしたあとはボトルに入った麦茶を飲み干す。これも自家製だ。

フラワーショップの給料はそう高いものではないので、節約できるところはする。大好きな花々に触れられる仕事に就けたのは僥倖だ。とはいえ、一点の曇りもなくしあわせかと聞かれたら、また違う。

四季折々の花の向こうに、言葉にはしづらいうしろめたさがひそんでいる。そのことは誰にも言ったことがない。話したところで、相手の負担になるだろうと考えているのだ。

この胸に巣くう空虚感は、どうすれば消えてくれるのだろう。もしかしたら、一生ひとりで抱えていくのかもしれない。

考えても仕方のないことだとわかっているが、たまに想いを馳せてしまう。

頭を横に振り、空になったお弁当箱を片付けているところへ、バッグの中に入れていたスマートフォンが鳴り出した。

「もしもし」

『岡崎さん？　先ほどはどうもありがとう』

すこし前に店にやってきた松本だ。

「こちらこそ、ありがとうございました。お渡しした花になにかありましたか」

『ううん、そうじゃないの。以前お誘いしたホテルの飾り付けとは別件なんだけど、あさっての夜にこれから教えるフレンチレストラン来られないかしら。その店、十周年を迎えたパーティを予定しているんだけどスタッフが急病だって電話が入ったのよ。で、岡崎さんにお願いしたくて』

急いた松本の声に背筋を伸ばす。

「あさってですか」

『そう。急ぎで申し訳ないんだけど、岡崎さんの腕を見込んでのお願い。どう?』

しばし迷った。あさっての夜はとくに予定がない。

『突然でごめんなさいね。でも、岡崎さんしか頼れる方がいないの』

そこまで言われたらむげに断れない。『貴宮』神保町店オープン以来の上客である松本からの依頼なのだ。ここで固辞したら、店にも迷惑がかかる。

にわかに緊張を覚え、くちびるを舌で湿らせた。

「――僕でよければ、お手伝いさせていただきます。力不足だと思いますが」

そう言うと、電話の向こうからほっとした気配が伝わってくる。

『よかったぁ。あなたなら絶対にできる。深夜の作業になるけど、わたしも立ち会うから安心して。エプロンとはさみを持ってくるだけで大丈夫なようにしておくわ。ディナーは三万円からの高級レストランで、内装はかなりクラシック。店に映える花をそろえておいたから、あとで資料をメールで送るわね』

「わかりました。失礼のないよう、伺います」

その後、時間と場所の確認をして電話を切った。

松本に持ちかけられていた相談事については、もうしばらく考えたいと言ったばかりだが、急展開だ。

自分よりももっと腕のあるフローリストがいるはずだ。けれど、松本は叶のことをとりわけ気に入ってくれている。客として三度目に来店したとき、彼女のほうから、「なにかあったらあなたに仕事をお願いしたいの。よかったら連絡先を交換しない？」と言われ、承諾したのは叶だ。

突然の依頼に、あらためて自分の身体を見下ろした。髪はこの間切ったばかりだし、家に帰れば清潔な服がある。

ほかに気にすべきことはあるだろうか。

ふと、指先が目に入り、顔の前にかざした。花を扱う毎日で、とくに指先が荒れている。週に二、三度、開店前に店長の四葉が市場で買い付けてきた花々を受け取る際はゴム手袋をはめているのだが、接客時は素手だ。花の新鮮さを指先でじかに感じ取るのがこの仕事では必須条件だ。

かさついた指に季節問わず、毎晩保湿クリームを塗り込んでいるけれど、それでは到底間に合わない。

どうしたものか。身にまとう物だけならなんとかなるが、荒れた指先は隠せない。

そのことは松本も承知の上だろうが、せっかくの依頼だ。彼女に恥ずかしい想いはさせたくない。

「……店長に相談してみようかな」

叶は立ち上がり、午後の熱気の中へと戻っていった。


店を閉めたその日の夜、清掃に励んでいた四葉に声をかけてみると、くすくすと可笑しそうな声が返ってきた。

「身だしなみ？　叶くん、いつも清潔じゃない。なに気にしてるの」

「うちは接客商売だから、日頃からきちんとしてるでしょ。叶くんはその点、百点満点」

温かい言葉に叶もちいさく笑ったが、「でも」と言葉を継いだ。

「服はまあ、どうにかなると思うんですが、髪や爪までは気にしたことがなくて。あらためて自分の指を見たら、かさかさなんですよね」

スタッフ全員おそろいのエプロンを着ける四葉はモップを握っていた手をしげしげと眺め、「わたしもだよ」と苦笑いする。さらりとしたボブヘアには艶があり、爽やかな印象の四葉らしい。

「この仕事だと、どんなに丁寧に手入れをしても荒れちゃうよね。指先の皮膚って意外と薄いし。……あ、でも、わたしはネイルしてるから爪は結構頑丈かな」

「ネイル？」

「これ」

目の前に突き出された四葉のすんなりした指先はところどころちいさな切り傷がある。そこは自分も同じだ。花を扱っていると、葉や棘でうっかり傷つけてしまうのだ。

しかし、四葉の爪先はほのかに輝いている。

「クリアネイルをしているの。地爪は水仕事ですぐにふやけちゃうでしょう。だから、いつも行きつけのサロンでネイルしてもらってるんだ」

「へえ……」

頼み事をしてきた松本も、つねに爪先を綺麗にしている。彼女の場合はベージュやピンク、ときどきシルバーやゴールドと目を惹くカラーを選んでいるが、四葉のようなクリアネイルは初めて見た。そうと言われなければ、ネイルをしていることはわからない。

「こういうのもあるんですね」

「うん。おかげで、爪が割れたり欠けたりすることはすくなくなった。ほんとうはもっと派手なカラーにも挑戦してみたいけど、仕事があるから。叶くん、ネイル経験はある？」

「ないです」

「だよね」

微笑む彼女と一緒に掃除を終えると、四葉がロッカーから取り出したバッグをごそごそと探り、スマートフォンを手にする。

「最近は男性でもネイルするひとが増えてきたって聞いたな。やっぱり、仕事上清潔にしておきたいからって。確か、わたしが行ってるサロンに男性ネイリストがいたって聞いたことがあるんだ。そのひとはもう独立していて、自分の店を構えているらしいの。……あ、これこれ」

スマートフォンでなにやら検索していた四葉が、「このお店」と画面を見せてくれた。失礼のない範囲で身体を寄せてのぞき込む。

全国のネイルサロンやヘアサロンが登録されているポータルサイトだ。

「『ネイルサロン・嶌(しま)』。去年、神保町にオープンしたんだって」

マップを見せてもらうと、古書店街のビル内に店を構えているようだ。

「結構近いんですね。ネイルサロンってもっとおしゃれな場所にあるんだって思ってました」

「このへんだとビジネスマンが大勢いるから、通いやすいんじゃない？　ここ、メンズ専門だし。わたしの担当ネイリストが、『男性でネイルに興味がある方がいらしたら、ぜひここを教えてあげてください』って言ってた。叶くん、ちょうどいいんじゃないかな。ええと、明日の空き状況は……あ、空いてる空いてる。十八時からの予約が押さえられるよ。叶くん、明日はオフだし、行ってみたら？　ここのURL、メールで送っておくから」

「ありがとうございます。家に帰ったら予約してみます」

四葉に相談してよかった。実際にサロンに行くかどうかはまだ決めていないが、きっかけが摑めただけでもほっとする。

隅々まで掃除した店のシャッターを下ろして四葉と別れ、自宅アパートがある森下駅に向かう。十九時半を過ぎた都営新宿線は帰宅者で混雑しており、誰もが自分だけの世界に閉じこもり、スマートフォンをのぞいている。

叶はトートバッグをしっかり抱え、壁に取り付けられた液晶画面を見つめていた。

——明日は晴れ、朝から暑い一日になるでしょう。

天気予報を眺めているうちに最寄り駅に着いた。たくさんのひとと

ともにホームに下り、地上に出るとまっすぐにアパートへと帰る。

大学入学と同時に引っ越してきた1DKのアパートの二階最奥が叶の部屋だ。だいぶ年季の入った建物だが、丁寧なリフォームがされたことで、室内は綺麗だ。

ユニットバスだし、キッチンも狭いけれど、独り暮らしなら問題ない。ほかの部屋も単身者で埋まっているようだが、廊下や階段ですれ違うときに挨拶するくらいで、隣人たちのことは

よく知らない。都会のつき合いなんてそんなものだ。職場ならともかく、アパートまで密なつき合いを求められたら疲弊してしまう。

ひとりきりの部屋に入るなり、まずは所定の位置にバッグを置き、洗面所で手を洗う。低刺激のハンドソープを使っているが、これも手荒れの原因のひとつだろうか。

弁当箱を水に浸け、今夜は簡単に焼きうどんを食べることにした。ストックしている冷凍うどんと余り物の野菜を混ぜてソースで和えれば、香ばしい夕ごはんのできあがりだ。

ちいさなテーブルに着いて焼きうどんとインスタントスープを食べ終え、冷えた麦茶を飲みながらスマートフォンを弄る。この部屋にテレビはない。その代わりに、小型ラジオをＦＭ局に合わせ、穏やかなクラシックを流す。

ベッド際にある窓を細く開けば、夏の夜風がさらりと流れ込んでくる。日中はやけどするくらいに暑かったが、幸いにも陽が落ちたあとは気温も下がった。

この時間が一日のうちでもっとももこころが落ち着く。

しばらくそうしてカーテンが揺れるのを眺めていたが、スマートフォンが振動し、メッセージが届いたことを知らせる。

知り合いがすくない叶に連絡してくる者は限られていた。四葉か、松本か。

液晶画面を見て、重いため息をついた。

言葉を交わしたくない相手のひとりだ。

『最近どうしてんの。たまには家に帰ってきなよ』

挨拶もないぶしつけなメッセージを見つめ、のろのろと返事を書いた。

――忙しくて、ごめん。

けっして謝る必要はないのに、いつも萎縮してしまう。

『謝ってほしいわけじゃないんだよ。それくらいわかんないの？　仮にも家族のひとりなんだからさ、表向きだけでもちゃんとしてよ』

仮にも、家族なんだから。

棘のある言葉に虚を衝かれ、次の返事が浮かばない。

昔からそうだ。メッセージを送ってくる相手は叶に容赦がない。

――今度、やすみが取れたら帰るよ。

『ほんとうに？　信じられないな。べつにいいけどね。父さんも母さんも、あんたのことなんかちっとも心配してないし。ただあんたは戸籍上、一応僕の兄なんだから、世間様に向けて体裁を保つためにも、ときどきは一緒に食事をしなよ。母さんが家族写真を撮るのが好きなの、あんたもよく知ってるだろ』

――知ってる。わかってるよ。

『だったらスケジュールを空けてよ。こっちの予定をあとで知らせるから、あんたのほうで合わせて。父さんが好きな麻布のフレンチを予約する』

　――わかった。

　そこでぷつんとメッセージが途切れた。

　叶の最後の言葉に既読マークはつかない。言いたいだけ言って、相手は満足したのだろう。息つく暇もなく乱暴な言葉を投げつけられるのには慣れている――もう慣れたと思いたい。しかし、いつだって相手は鋭い言葉で叶のこころを抉る。そうすることが好きだからだ。

　数えきれないほどの古い傷がようやく癒えたかと思った矢先に、新しい血が滲み出す。痛いと思い始めたら底のない闇に落ちるだけだから、努めて深呼吸を繰り返した。

　なにかほかのことを考えよう。

　楽しいことを考えよう。

　気が紛れることを必死に探し、そうだ、と思い出してもう一度スマートフォンを手にし、四葉に教えてもらったＵＲＬをタップすると、『ネイルサロン・嶌』のページが開く。

　彼女が言っていたとおり、男性専門のネイルサロンらしい。どんなひとが施術してくれるのか。顔写真が出ているかと思ったが、『ネイリスト・生嶌』とキャプションがついた写真は、きちんと重ねられた両手だけが映っている。男性らしい節のある指は長く、とても綺麗だ。

　メニューはいろいろとあるらしい。ひとまず、『新規』という項目を見てみると、『清潔な印象を与えるクリアネイルとハンドマッサージを施術します。所定時間：二時間。五千円』とあった。

自分の指に五千円の価値があるだろうか。

二十五歳でフラワーショップに正社員として勤めていれば、五千円なんてたいしたものではないというひともいるだろう。

できるだけ節約したかった。将来に向けて貯金をしておきたいのだ。

その未来のために松本の依頼は大きなチャンスになるかもしれない。

仕事以外で他人に会うのは気が進まないが、あさっての夜までに荒れた指先をどうにかしておきたかった。

明日の夜十八時から二時間の枠を押さえるまでしばらく思い悩んだが、スマートフォンの画面をうろうろする指先のかさつきが目に留まり、ようやくこころが決まった。

この指を綺麗にしてもらおう。

未来の夢のために。

二

予約した時間よりも十分早く店についた叶は扉の前を行きつ戻りつしていた。一階、二階までが古書店のビルの三階に、そのネイルサロンはあった。古びたビルではあるけれども、サロンの扉は真新しい。落ち着いた色合いの木の扉を押し開ける勇気がなかなか出なくて、金色のノブに触れては離す。

あたりは静かだ。客の自分が扉を開けなければなにも始まらない。遅刻するのもいやだ。

深く息を吸い込み、ノブを掴んだときだった。内側からキィッと扉が開き、「――あ」と声を漏らした。

うっすらと香るのはシトラス系のコロンだろうか。

「いらっしゃいませ」

深みのあるやさしい声にはっと顔を上げると、長身の男が笑いかけている。

アッシュブロンドの髪をハーフアップにした男の際立つ美貌に思わず見とれた。

切れ長の瞳は黙っていたら威圧感を覚えるかもしれないが、初めて顔を合わせる叶にふんわりと微笑みかけていた。通った鼻筋も、綺麗な形のくちびるも、すべてが美しい。とりわけ、そのダークブラウンの瞳が叶を圧倒する。

まるで薔薇だ。それも最高級のベルベットのような手触りの美しい薔薇。

彼のほうも叶と視線を絡めるなり、大きく目を見開いていた。無遠慮にならない程度に叶の全身をさっと眺め、やがて口元をほころばせる。

こなれた感じのオフホワイトのシャツの上にエプロンを着けた男は、「岡崎叶さん、ですよね?」と一歩下がる。

「あ……あ、はい」

「お待ちしておりました。どうぞ」

こんなにも端正な男は目にしたことがない。仕事柄多くのひとと接する叶が釘付けになっていることに気を悪くせず、男はゆったりとした椅子をすすめてくれた。

「バッグをお預かりしましょう。それから、こちらへおかけください」

しっとりしたゴブラン織りの椅子は見るからに豪華で、軽々腰かけるには勇気がいる。とりあえずトートバッグを預け、そろそろと椅子に腰を下ろした。

こぢんまりとしているが、店内は清潔だ。表通りに面した窓にはレモンイエローのカーテンが脇に寄せられ、漆喰の壁と濃いブラウンのフローリングがはまっている。天井から重たげなシャンデリアが下がり、まばゆい煌めきを放って、低いボリュームで、ジャズが流れていた。

デスクを挟んで立つ男が軽く一礼する。

「このたびはご予約ありがとうございます。ネイリストの生嶌一哉と申します」

「岡崎叶です。……よろしくお願いします」

目を瞠るほどの美形にどきどきしてしまう。きっと、四、五歳上だろう。包容力のある微笑といい、品のある仕草といい、ひとつひとつが胸に残る。

向かいに腰を下ろす生嶌が、「ネイルは初めてですか？」と問いかけてきた。

「初めてです。あの、すみません。なにも知らなくて」

「とんでもありません。うちにいらっしゃるお客様はたいていそうですよ。施術には二時間ほどかかりますが、どうぞゆっくりくつろいでください」

にこりと微笑まれ、落ち着こうにも落ち着けない。

「では、両手を出していただけますか」

目の前には長方形のクッションが置かれていた。そこにおずおずと両手をはべらせると、生嶌がそっと指先に触れる。

温もりがじんわりと染み渡ってきて、知らず知らずのうちに吐息を漏らしていた。我ながら、緊張しているのだろう。冷えた指先を温めるように生嶌が一本ずつ触れてくる。

「すこし荒れていらっしゃいますね」

「すみません」

なんだか無性に恥ずかしい。荒れた指を手入れしてもらうためにここに来ているのだから、もっと堂々としていてもいいのに。

「とんでもありません。お忙しい毎日を送ってらっしゃるんでしょう。手からもわかります。この真面目な手を美しくするのが僕の役目です。安心してお任せください。今日はジェルネイルと、ハンドマッサージというコースですね。クリアネイルでよろしいですか」

「それでお願いします。透明、ってことですよね」

「そうです。品のある艶が出るのと、地爪の強化になります」

叶の弾む鼓動に気づいているのかそうでないのかわからないが、生嶌はしごく丁寧にコースの説明をし、薄く細長い板を手にする。

「まずは、このエメリーボードで形を整えます。ご希望の爪の形はありますか」

「ええと……ほかのお客さんはどうしてらっしゃるんでしょう」

「男性で長く伸ばされる方もいらっしゃいますが、ほとんどの方は日常生活に馴染むよう、指から一、二ミリほどの長さにそろえることが多いですね。指先にぴったり沿うようにすることも可能です」

爪の形に悩んだことなどなかったから、考え込んだ。

ここを紹介してくれた四葉はすこしだけ伸ばしていたが、自分は短めにしておいたほうがいいだろう。そもそもネイルに慣れていないからどんな感触になるかわからないし、客から見ても気にならない程度がいい。

「短めでお願いします」

「かしこまりました」

頷き、生嶌は薄い板で叶の爪を削り出す。慣れた手つきだ。

しゅっ、しゅっ、とちいさな音を立てて爪が削られていく。その間ずっと生嶌に手を摑まれているのが、どうにもそわそわする。

叶は他人と深く触れ合ったことがない。二十五歳になるいままで、一度も。

とくに手入れをしなくても指どおりのいい黒髪に、漆黒の瞳を持つ叶は同年代の男性と比べるといささか華奢で、学生時代からちょくちょく異性同性かかわらず声をかけられていた。思春期まっただ中で、誰もが大人への階段を昇りかけていた頃だ。

叶が通っていたのは一貫した私立で、裕福な子が大半を占めていた。幼い頃から家族の愛情を素直に受け止めて育ってきた彼、彼女たちは屈託がなく、一度挨拶しただけですぐに親友になれてしまうようなコミュニケーション能力を持ち合わせていた。

だが、叶はどんなひとに話しかけられてもうまく話せなかった。声をかけられるとたちまち舌が凍りつき、素っ気ない返事しかできなかったことはいまでも苦い思い出だ。

ほどよく頭がよくて、放課後はとことん遊び、将来も約束されているうえに富に恵まれた彼らと自分は違う。まったく違う。生まれたときから、全部。

そのことを誰かに打ち明けようと思ったこともない。たぶん、どう言葉を尽くしてもわかってもらえないと思ったからだ。

彼らは最初こそ楽しげに叶に声をかけ、放課後も遊びに行こうと誘ってくれたが、硬い声で断ることを繰り返すうちに、明るい声はだんだん遠ざかっていった。

ほんとうは同級生と遊びたい。なにもかも忘れ、馬鹿になった気分で時間も忘れて遊びたい。何度そう思ったことだろう。けれど、『まっすぐ家に帰ってくるように』という低い声を思い出すと、誰よりも先に教室から逃げ出したのだ。

「形はこんな感じでいかがですか？」

穏やかな声に引き戻されて顔を上げると、デスク越しに生嶌が首を傾げていた。

エメリーボードで削られた地爪は両手ともきちんとしている。

「大丈夫です。これなら、仕事に差し支えなさそうです」

「よかった」

破顔する生嶌に心臓が早鐘のように打つ。

「綺麗な手の形をしていらっしゃいますね。お仕事はなにされているんですか」

「フラワーショップに勤めてます」

「フローリストさんなんですね。男性のフローリストってわりとめずらしくありませんか？」

ネイリストの僕が言うのもなんですが」

「ちょっとめずらしいです。女性に人気の職業なんですけど、実際はかなりの肉体労働なので男の俺でも頑張れてます」

「肉体労働というと」

「店先に花を入れたスタンドがあるじゃないですか。あれを動かすだけでも大変なんですよね」

「確かに。水の入った大きなバケツを動かすのって、大人でもこつがいりますもんね」

他愛ない話を振ってくれて助かる。初めて出会った男と無言で過ごすのも気を遣いそうだと案じていたのだ。

「夏場だったらやっぱりひまわりが一番人気ですか」

「そうですね。明るいひまわりをブーケにしてほしいというお客さんが多いです。最近出た新種が可愛くて手頃な値段というのもあって、年齢性別問わず人気です」

「花って見てるだけで元気が出ますよね」

完成された大人の男なのに花が開くような微笑を向けられて、こころを揺り動かさないひとはいないはずだ。

よほど接客慣れしているのだろう。自分はただの客のひとりだ。そのことになんとなく安堵を覚え、「……あの」と自分から話しかけていた。

「どうして、ネイリストになったんですか？」

掠れた声に、生嶌は叶の指先を確かめながら、愉快そうな視線を投げてくる。

「きらきらしたものが好きなんですよ、幼い頃からずっと。輝いているものならなんでも飛びつきました。海に行くと、浜辺に打ち上げられたガラスの破片や桜色の貝殻を拾っては、とっておきの宝箱にしまっていましたね」

「きらきらしたもの、ですか」

「高校生になった頃かな、仲のよかった女子生徒が初めてネイルサロンに行ったからって爪を見せてくれて。それがとても綺麗だったんですよ。まだ高校生だからクリアネイルでしたが、指先にもきらきらした世界があると知って、いまの道に進んだんです。細かい作業も好きなので」

「こんなこと言うのもなんですけど、男性ネイリストもだいぶめずらしくないですか」

「確かに。前のサロンでも男性ネイリストは僕だけでした。でも、いまの時代、男性も爪を綺麗にしたいひとは増えています。美容系サイトで検索して僕を知った男性のお客様がすこしずつ来店されるようになって、需要はあると踏んで独立したんですよ」

「すごいですね。尊敬します」

こころから呟き、ちいさく微笑む。

「夜空の星を見るのも大好きです。あれは特別ですね。どんなに手を伸ばしても届かないからこそ毎日見上げてしまいます」

「でも、こういう都会ではなかなか星空も見えないでしょう」

「ええ。だから晴れた夜にぽつんと光る星を見つけると、年がいもなくはしゃいでしまいます。ここのシャンデリアは、いわば星空代わりのようなものですね」

そう言う合間にも生嶌は時間をかけて叶の爪先に集中している。

「さて、このあとは甘皮を処理します」

「甘皮？」

馴染みのない言葉に、生嶌が細いスティックで爪の脇を押さえる。

「ここのすこし硬いところが甘皮です。これは爪と皮膚との間にばい菌が入り込まないようにする役割を持っているんです。ただ、甘皮が厚くなると本来爪に必要な水分や油分を失って、ささくれの原因になるんですよ。あまり強めに除去してしまうと痛いので、ほどよい感じで。そうすることで、ネイルの乗りをよくします」

「へえ……」

耳にするのは初めてのことばかりだ。爪の際、薄く白い甘皮を慎重に取り除いていく生嶌は真剣で、十本の指を処理し終えると、満足そうな顔をする。

「とても真面目(まじめ)にお仕事をしてらっしゃる指ですね」

さりげない言葉が、やけに胸に刺さった。

いままで、誰にもそんなことは言われなかった。

荒れた指先だろうに、生嶌の声はやさしい。

「そんな……褒められるほどのことでは……かさかさだし」

「それだけお仕事に打ち込んでいるという証拠でしょう。僕がかならず綺麗な爪にしてみせます」

プロのネイリストらしい自信に満ちた言葉が、胸の奥にひそむ固いねじをくるりと回してくれるようだ。そういえば、彼の爪もとても綺麗だ。根元はクリアで、先に向かって薄いグレイにグラデーションしている。

「素敵な爪ですね」

こころからの賛辞に、生嶌が嬉しそうに頬をゆるめる。

「ほんとうですか?」

「はい。いままで男性の指に目を留めたことはなかったんですけど、……生嶌さんの爪はとても綺麗です。それ、自分で塗ったんですか?」

「そうです。店が終わったあと、勉強のためにセルフネイルするんですよ。今日はグレイにしていますが、たまにシルバーやゴールドを塗ることもあります。ほんのときどき、レッドやネイビーにもね」

長い指の先が色っぽく彩られているところを想像すると、不思議なくらいときめく。

自分には似合わないけれど、生嶌ほどの美貌の持ち主なら、真っ赤な爪も映えるだろう。

「女性がネイルで楽しむのは当たり前ですが、男性もほんとうに多いんですよ。大切な商談の場で相手にいい印象を与えるため、という方が多いですね。岡崎さんのお勤め先も毎日多くのお客さんがいらっしゃるでしょう?」

自然な問いかけは、警戒心を薄れさせていく。

「駅構内にある店なので。――あの、近くの、神保町駅構内にあるんです。朝から晩まで大勢の方が立ち寄ってくれます。立ち仕事なのでそれなりに疲れますけど、花に触れているだけで癒やされるし、楽しいんです」

「そこまで花を好きになったきっかけとかあるんですか?」

問われて、一瞬言葉に詰まった。

先ほど生嶌にはなぜネイリストになったのかと聞いたのだから、こっちだって明かさないとフェアではない。

脳裏に、一輪の赤いカーネーションが浮かぶ。

叶が見ている前で波がさらっていった赤い花。

喉元までこみ上げてくる熱いものをぐっと抑え込み、ようやく口を開いた。

「……母が、花が好きだったので。どんな花でも大好きでした。俺が学校帰りに摘んできたたんぽぽやすみれを喜んで大事に生けてくれて。春には、地面に落ちた桜の花びらを両手いっぱいに包んで持ち帰ったこともあります。それを母が押し花にしてくれて……生花ももちろん好きなんですけど、枯れたあともドライフラワーにしたり、押し花にしたりすることで、いつも綺麗な花に囲まれてました」

「素敵なお母様ですね」

控えめに頷いた。

花が好き、だった母。

そこに込められた微妙なニュアンスを、生嶌がどう受け取ったのか気になるところではあるが、幸い彼は爪に専念していた。

「ベースコートを塗っていきますね。ＵＶライトを当てて硬化する必要がありますが、熱かったら無理せずおっしゃってください」

「わかりました」

よく見れば、デスクの下には棚があり、そこに四角い箱が置かれていた。生嶌の指示どおり、ベースコートを塗った指を箱に入れると青いランプが点き、じわりと熱くなる。

「ネイルって、思ったよりいろいろとステップがあるんですね」

「慣れてしまえばなんてことはないんですが、初めてだとびっくりしますよね。ドラッグストアやコンビニで売っているポリッシュを使えばもっと楽に色を塗れるんですが、いま施術しているジェルネイルと違って、数日経つと剝げてしまうこともよくあります。ジェルネイルよりも強度がありませんしね」

「そうなんだ……奥が深いです」

その後も他愛ないことを話しながら施術が進んでいき、一時間半ほど経った頃には叶の爪先はきらりと光を弾く(はじ)ほど綺麗になっていた。

「これが、俺の爪……」

「お気に召しましたか?」

生嶌の言葉にこくこく頷き、両手を顔の前にかざした。指の節や腹はまだかさついているけれど、見違えるほどに変わった。

「なんか、自分の爪じゃないみたいです」

「僕も嬉しいです。このあとは軽くハンドマッサージしますね。普段、ご自宅でお手入れはしていますか?」

「寝る前にクリームを塗っているんですが、どうしても荒れてしまって」

「指先や足の爪先は一番荒れやすいんですよ。皮膚も薄いですしね」

そう言って、生嶌が白いボトルからとろみのあるオイルを手のひらに垂らし、叶の左手を包み込んでくる。

「オイルが馴染むまで、しばらくこのままで」

同性に手を握られたのは生まれて初めてだ。脈打つ鼓動がばれていないだろうかと内心はらはらするが、生嶌はいたって真面目な顔だ。

これが彼の仕事なのだと己に言い聞かせ、深く息を吸い込む。

「どきどきしてます？」

「――は、……はい」

こころをのぞかれたようだ。

いたずらっぽい視線に、嘘はつけない。

「皆さん、最初はそうですよ。同性とはいえ、こうしてじかに手を握られると落ち着かないみたいです」

「……生嶌さんは、平気なんですか？」

生嶌は楽しそうに目を細めている。

「仕事ですから」

「ですよね」

この温もりに特別な意味はない。そんなことは当たり前だ。

だが、温かく包まれる感覚はほんとうに久しぶりに味わうものだ。

叶の手のひらが熱を帯びる頃、生嶌が一本ずつマッサージしていく。

「手って、いろんなツボがあるんですよ。痛かったら言ってくださいね」

「はい」

オイルを擦り込む生嶌が、「ところで」と言う。

「ネイルに挑戦してみようと思ったのはどうしてなんですか。お仕事のためでしょうか」

先ほどよりももう一段深いところに踏み込んできた男の言葉をさらりとかわしてもいいかもしれない。しかし、指先をやわらかに揉まれる気持ちよさに浸り、叶は「はい」と相づちを打つ。

「じつは、明日の夜、大きな仕事が待っているんです。お得意様にラグジュアリーホテルを経営するご夫婦がいらして。共同経営者の奥様が俺の作るブーケを気に入ってくださって、毎週来店してくださるんです」

気分がほぐれていたせいか、するすると言葉が出てくる。

「それはそれは。よほど岡崎さんの腕前に惚れてらっしゃるんでしょうね」

「そんなことは……。以前から、レストランやホテルロビーに置かれる花を飾り付けてみないかってお誘いを受けてたんですけど、急遽、人気のフレンチレストランを飾ることになったんです。そこのお店が十周年を迎えるそうで。僕なんかに務まるかどうか不安なんですが、ひいきにしてくださる奥様に恥をかかせるわけにもいかないから……とりあえず、身だしなみをきちんとしておこうと思って、ここに来たんです」

「大きなチャンスですね。そんな場面に僕のネイルを選んでくださって嬉しいです」

親指の付け根を揉まれると心地好い。真ん中あたりもぐっと押さえられると肩の力が抜ける。

十分ほど揉みほぐされ、仕上げに爪の根元にオイルを塗ってもらった。

「今日はクリアに仕上げましたが、機会があればカラーネイルにも挑戦していただきたいです。岡崎さんなら、たとえばこんな深いレッドとか、逆方向ではネイビーとか」

ネイルサンプルを見せられ、「どっちがお好きです？」と訊かれ、とまどった。

赤い爪をしている女性は見たことがあるが、ネイビーというのはめずらしい。

男の自分ならどっちがいいのだろう。

ネイビーは奇抜そうに見えても、実際に塗ったらレッドよりしっくりくるかもしれない。

大胆なレッドで爪を彩ってみたい気がするが、あけすけに言うのもなんだかためらわれて、口を開いたり閉じたりした。

「どっちも格好いい、ですよね」

自分でもつまらない答えだなとがっかりするが、生嶌は気にしていないようで、「いいですよね」と微笑んでいる。

「僕もですけど、男性でカラーネイルをしているひとも増えていますし、いい気分転換になりますよ。――では、お疲れさまでした。今回の施術はこれで終了です」

ふわふわした気分で生嶌を見つめた。

「もう終わりなんですか」

「はい。最初はこんな感じかと。いかがでしたか？　二時間、お疲れになりませんでしたか？」

首を横に振った。

あっという間に終わった、というのが正直な気持ちだ。この店に足を踏み入れた直後は緊張していたが、穏やかな生嶌のおかげで時間が流れるのも忘れていた。

見れば、両手はしっとりとしていて、爪もぴかぴかだ。

「初めてジェルネイルをすると、爪先の感触がいままでと違うと思います。やや厚みを増した感じがしませんか」

「確かに……つるつるしているし、爪の先が薄い膜で覆われた感じです」

「二、三週間は保つようにしていますが、もしどうしても馴染まないということがあれば、遠慮なくご連絡ください。ジェルオフしますから」

「わかりました」

財布を取り出し、会計をすませてもう一度店内を見渡す。居心地のいい空間はなかなか離れがたかった。しかし、長居するのも悪い。あらかじめネットでこの店を検索したとき、二十時閉店と書いてあった。次回の予約を入れようかどうしようか悩んだが、まずはジェルネイルに慣れる必要がある。

戸口まで見送ってくれる生嶌がにこりと笑いかけてきた。

「お仕事、頑張ってくださいね」

「ありがとうございます」

ひとつ息を吐いて、階段を下りていく。

爪先がすこし重たい。それは初めての感覚だった。

三

生嶌のサロンを訪れた翌日の夜、叶はエプロンと使い慣れたはさみを入れたトートバッグを提げて、都心のフレンチレストランに向かった。

二十二時を過ぎた上り電車は空いている。たいていのひとはもう家に帰る時刻だろう。

電車を乗り継いで日比谷駅に到着すると、大通りからひとつ横に入ったビルへと足早に急いだ。

つねに予約でいっぱいの人気レストランでは、松本が待っているはずだ。一介のフローリストに大きなチャンスを与えてくれた彼女には感謝しかないが、反面、うまくできるだろうかという不安もある。

「待ってたわ、岡崎さん」

ビルの五階にあるレストランの扉を開けると、入り口近くのソファに座っていた松本が笑顔で近づいてきた。今夜はネイビーのパンツスーツで、彼女にしてはめずらしくカジュアルだ。

「店主の中根です。急な依頼を引き受けてくださって、ほんとうにありがとうございます。助かりました」

五十代とおぼしき男性がにこやかに話しかけてきて、叶の爪に目を留める。

「綺麗にしてらっしゃますね。花を扱う方らしく素敵です」

「ありがとうございます」

お世辞だとしても、サロンに行っておいてよかったと胸を撫で下ろした。中根は松本としばし話し込み、叶に頭を下げる。

「私は明日も仕込みがあるので一足先に失礼します。花が仕上がったら、写真を送ってもらえますか？　アドレスは松本さんに伝えてあります」

「わかりました。頑張ります」

中根が立ち去り、営業を終えたレストランは静かで、扉脇にある大きな鉢に視線を向けると、松本がにこりと笑う。

「お客様の視界に一番最初に入るこの鉢をデコレーションしてほしいの。今回は突然の依頼だから、申し訳ないけれど必要なお花はこちらで用意させてもらったわ。問題ないかしら」

「ええ、資料は読んでます。……正直、これほどのサイズに花を生けるのは初めてなので、不手際があるかもしませんが」

「岡崎さんだったら大丈夫。いつもお店でわたしに素敵なブーケを作ってくださるでしょう？　あれがちょっと大きくなっただけ」

レストランは荘厳なゴールドとブラウンでまとめられ、壁にはしっとりしたタッチの美しい風景画が飾られている。

ここに来た客が最初に目を留めるのが、これから叶が手がけるフラワースタンドだ。鉢そのものが大きく、叶の腰ほどの高さがある。四季折々の花々で客の目を愉しませるレストランのシンボルを、ほんとうに自分が飾れるだろうか。

鉢の横には、すでに花々がスタンドに入って並んでいた。脚立もある。松本が指示して、業者に運び入れてもらったのだろう。

怯んでいる暇はない。

花の鮮度が落ちないうちに作業したほうがいい。

「早速始めます」

「わたしも手伝う」

「そんな、松本さんは座っていてください。俺ひとりでも」

「いいのいいの。店長から鍵を預かってるし、本来なら専用フローリストがふたりがかりで生けていくものなんだから。ふたりともたちの悪い夏風邪を引いてしまって、すぐに岡崎さんに頼もうと思ったのよ。指示を出してくれれば、わたしがお花を渡すから」

張り切っている松本が大きなバッグからエプロンを取り出して身に着けたことで、叶も腹が決まった。

素早く支度を調え、脚立を立てる。

鉢の真ん中から主役級の花を生け、周囲を飾るというのがスタンダードな方法だ。

スタンドに刺さった艶やかな黄色の百合を手にし、根元をはさみで切り落として鉢に生けていく。

高さのある鉢を飾るため、脚立に上り、中心部に百合を生ける。濃い花粉を落とす葯は前もって取りのぞかれていた。

「次はそこの青い花をお願いします」

「これ？　デルフィニウムだったかしら」

「はい。黄色の百合を引き立てる組み合わせですよね」

きびきびと動く松本とともに豪勢なスタンドを仕上げていった。周囲にはブルーシートが敷かれ、叶が花々のバランスを整えるためはさみで切り落としていくたび、ぱさりと葉が次々に落ちていく。

さらに背の高いひまわりとオレンジ色のグラジオラスを添え、さまざまな緑を配置した。

シャツの背中がすっかり汗ばんでいた。途中、額を拭うと、昨日生嶌が施術してくれた爪先が目に入る。

品のあるライトを受け、爪はほんのり輝いていた。

美しい容貌とは裏腹にやさしい声を持つ生嶌のことを思うと、胸の奥にほのかな熱が灯る。

——あんなひと、会ったことがない。

かさついた叶の手をふんわりと包み込んでくれたこと、互いの立場を自然と話し合えたことが、いまでも夢みたいだ。

「……完成ね！」

松本の喜ぶ声に、「はい」と叶も息を弾ませた。松本と同じくらいの高さがあるスタンドはなかなかの迫力だ。

目の前には、夏らしい鮮やかな色の花たちがそびえ立っていた。

いままで両手で持てるぐらいのブーケしか作ってこなかったが、なんとかやり遂げた。

脚立から下り、松本と一緒にシートを片付け、数歩下がって花を見上げた。記録のために、スマートフォンで撮影した。店主には松本から写真を送ってもらうことにした。

「迫力あるわねえ……素晴らしいわ。やっぱり岡崎さんには才能があるのよ」

「いえ、もともとこの花を選んでくれたフローリストさんにセンスがあるんですよ」

「そんなことないわよ。ね、とりあえずソファに座って休憩しない？　いま、飲み物を持ってくるから。岡崎さんはなにがいい？　アルコールが入ってもいい？」

「松本さんにお任せします」

「じゃ、シャンパンを持ってくるわ」

そう言って松本は慣れた感じで厨房（ちゅうぼう）に入っていき、しばらくしてから冷えたグラスをふたつ持って戻ってきた。

「岡崎さんの成功の第一歩に乾杯」

茶目っ気のある松本に恐縮しつつ、グラスを軽く触れ合わせた。

「すべて松本さんのおかげです。貴重な体験を授けてくださって、ほんとうにありがとうございました」

喉をすべり落ちる爽やかなシャンパンで張り詰めていた神経がゆるゆるとほぐれていく。

いましがた仕上げたばかりの鉢を見つめた。これまでに手がけたどれよりもゴージャスで、人気レストランの十周年にふさわしい。

「明日、店長やスタッフがこれを見たら大喜びするわよ。あなたが作る花には温かな想いがこもっているの。わたし、最初から感じていたわ。この若いフローリストさんは絶対に成功するって」

「そんな……俺にはまだまだ早い話です。今夜のことも、松本さんが前もって用意してくださらなかったら成し遂げられませんでした」

「でも、できたでしょう?」

ふふ、と笑う彼女が、「その爪」と呟く。

「綺麗。ジェルネイルかしら」

「え、……ええ。今夜の仕事に携わるからには、身なりをきちんとしておいたほうがいいかなと思って……変、ですか？」

　丁寧に施術してくれた生嶌を思い出すと、鼓動が速くなる。

　指先をそっと包んでくれたあの温もりが忘れられない。

「とんでもない、すごくいいわよ。これ、どこでしてもらったの？」

「職場近くのサロンです。男性専用の」

「そういうお店がどんどん増えるといいわね。岡崎さんみたいな仕事だと手先がどうしても荒れてしまうでしょう。ジェルネイルは爪先の保護にもなるから、男性もためらわないほうがいいと思うの。ね、そのネイリストさんはどんな方？」

　胸の中に、やわらかな微笑の印象的な男が浮かぶ。

「とても素敵な……男性でした。俺より四、五歳上でしょうか。背が高くて、オフホワイトのシャツが似合っていました。声もやわらかくて、話も盛り上げてくれて。髪はアッシュブロンドで、こう、頭のうしろでひと房束ねているんですよ。ひとつひとつの仕草に品があるんです。松本さんみたいに」

「嬉しいわね。初めてのネイルはどうだった？　緊張した？」

「すこし。同性に手を摑まれるってそうそうないですから。お店は落ち着いた雰囲気でした。ひとりひとりに時間をかけて施術するみたいで、僕が行ったときもほかにお客さんはいませんでした」

「ちょっとどきどきした？」

思わぬ言葉に目を瞠ると、松本は悪びれず、グラスを揺らす。

「岡崎さんがそんなに他人について細かく語るのって、初めてよね。真面目なあなたのこころを射貫(いぬ)いたのかしら」

「いえ、そういうつもりは」

「岡崎さんは仕事熱心で、礼儀を欠くことはないけれど人見知り。たくさんのお客さんを相手にするときも丁寧で親切。なにより、新鮮な花に触れているほうが大事――というのが、岡崎さんの第一印象」

すっかり見抜かれていて、返す言葉もない。

「そういうところがわたしは気に入ったの。まだ若いあなたには可能性がある。もっと大きな世界に飛び出していける。そのお手伝いができたらって、思ったの。今夜の仕事はどうだった？」

もう一度、美しい花を見つめた。

普段扱っているものよりも数段豪華で、いま叶のできるかぎりを込めた花をひとはどんなふうに見るのだろう。

「皆さんが気に入ってくれるといいんですが」

「そこはわたしが太鼓判を押すわよ。ね、よかったらまたお願いしてもいいかしら。ほかにも岡崎さんのアレンジメントを見てみたい場所があるの。画廊とか、ホテルのロビーとか」

「でも、どこも専属のフローリストさんがいらっしゃいますよね。その方たちの邪魔になるのでは……」

「固定メンバーで回すのがほとんどだけど、たまにほかのフローリストさんにも依頼するのよ。新しい風を入れるためにね。岡崎さんのスキルを磨くためにも、今後の仕事は生きると思う。今度、うちのホテルも飾り付けてほしいわ」

積極的な言葉はありがたいが、どこかうしろめたい。

花を扱う仕事に就くのは、昔からの夢だった。それが軌道に乗り始めているいま、松本の案は喜んで乗るべきなのだろうが、この大舞台を続けていく自信がまだない。今夜はたまたま、専用フローリストが急病になってしまったため、叶に声がかかっただけだ。

一度だけなら。

そんな気持ちで挑戦したのだが、叶の揺れるこころとは裏腹に、花は艶やかだ。

逡巡（しゅんじゅん）していることに気づいたのだろう。松本がシャンパンを呷（あお）り、満足そうに息を吐く。

「強引にお願いするつもりはないわ。でも、あなたの才能を買っている人物がいるということを覚えておいてくれたら嬉しい。綺麗なネイルまでして挑んでくれて、今夜はほんとうにありがとう」

「こちらこそ、ありがとうございました」

もう夜も遅い。松本に店じまいを任せ、一足先にその場をあとにした。

夜の静寂の中、叶はひとり、ビルの前で立ち尽くす。

最初からすべての花を選んだわけではないから、正確には自分の作品と言い切ることはできないけれど、ありったけの熱を込めた。

――いまできることの精一杯だ。

スマートフォンを取り出し、先ほど撮った写真を見直す。画面の中で、花々はみずみずしい。

また、生嶌のサロンに行ってみようか。今夜のことを話してみたいし、写真も見せたい。

煌めく爪がなかったら、この仕事を務め上げることはできなかったのだ。

四

『生嶌さんにネイルしてもらったおかげで、爪を褒められることが多くなったんです。男性のお客さんからも、どこで施術してもらったんですか、って。だから、このサロンをお伝えしておきました』

『ほんとうに？　ありがたいです。フローリストさんだと指先にも注目されやすそうですもんね。また僕が整えますから、いつでもいらしてください。岡崎さんの予約は最優先します』

二週間に一度『ネイルサロン・嶌』を訪れるようになり、生嶌とあれこれ言葉を交わすようになった。

顔を合わせるごとにリラックスし、生嶌に手を握られるのが心地好くなっていくのが自分でも不思議だった。

いままでに、こんな男には会ったことがない。

誰かと同じ空間にいて心からくつろいだことなど、一度もない気がする。サービス業に就いているだけに他人との垣根を作るつもりはないが、フレンドリーに接するほうでもなかった。

それが生嶌に会うと、話したいことが次々に出てくる。

とりたてておもしろい話でもないだろうが、仕事上の出来事を語ると、生嶌は楽しげに相づちを打ってくれる。彼のひととなりも知りたくて、失礼のない範囲でいろいろと訊ねた。

情報の端々を継ぎ合わせれば、生嶌はこのサロンの近くに独り暮らししているらしい。自炊と散歩、映画鑑賞が趣味で、月に二度は映画館に足を運んでいるのだとか。新旧作品をチェックしている生嶌から名作を教えてもらうのも楽しかった。

サブスクリプションに入っていた昔のサスペンス映画が面白かったことを伝えたら、『あれ、僕も大好きなんですよ』と一緒になって、俳優陣や脚本の話題でひとしきり盛り上がった。

ジェルネイルをしてもらう、というまっとうな理由があったから、なにも恥じることなくサロンに通うことができたが、そのうちもっと会いたくなってきて、自分のことながらどうしていいかわからなくなった。

ネイルの件だけでは毎週行くことは難しい。かといって、生嶌のプライベートに入れるほど仲が深まっているわけでもなく、焦(じ)れったい想いを抱えながら日々を過ごした。

単なる客のひとりに距離を詰められたら生嶌とて怖いはずだ。自分の身に置き換えればすぐにわかる。だから慎重に、生嶌の顔色を窺(うかが)いながら話題を切り出し、できるだけ不自然な反応にならないように努めた。

サロンを訪れるようになって四回目の頃には、生嶌の声を聞いただけで胸が弾んだ。

十月の始まり。叶はいつものように十八時すこし前に『ネイルサロン・蔦』の扉をノックし、笑顔の生嶌に迎え入れてもらった。

「こんばんは岡崎さん。今夜は暖かい夜ですね」

「十月の頭ってまだ秋という感じがしません。ちょっと暑いくらいです」

羽織っていたパーカを脱ぎ、いつもの席に腰かける。

生嶌に会うのが最近の楽しみだから、ついうきうきしてしまう。最初の頃より表情が明るくなったことに気づいたのだろう。生嶌が叶の手を消毒しながら笑いかけてきた。

「機嫌がいいようですが、なにかありましたか？」

浮かれる胸の裡を言い当てられて、頬が熱くなる。

——あなたに会うのが嬉しくて。

そんなことを言ったら驚くかもしれないから、そっと胸にしまっておくことにし、爪を整えてもらったことで仕事がしやすくなったことにあらためて礼を告げた。

「そういえば先日、フラワーショップの店員さんにうちを教えてもらったという方が来店してくださいました。ありがとうございます。うちみたいな歴史の浅い店は口コミがなによりも大事なので」

「すこしでもお役に立てたらよかったです。その方もクリアネイルにしたんですか」

「ええ、営業職だとか。ご自分で爪を磨くことはしていたらしいんですが、岡崎さんの爪を見てプロに任せたほうがいいと思ってくださったようです」

「どんどんお客さんが増えるといいですね」

口ではそう言いながらも、――いまよりもっと多くのひとがサロンに来るようになったら、予約が取りづらくなるかもしれないなと心配になる。

「大丈夫です。どんなに忙しくなっても、岡崎さんの爪は僕が手入れしますから。ほかのサロンに行かないでくださいね」

いたずらっぽく微笑まれて、鼓動が高鳴る。

ネイリストとその客、という関係でしかないのに。

自分を戒めながらも、他人と話していて心地好く感じるのもほんとうに久しぶりだったから、純粋な気持ちに従って肩の力を抜くことにした。

「岡崎さんのほうは最近どうですか？　相変わらずお店は忙しい？」

「ありがたいことに。一番忙しいのは春先なんですけど、これからホリデーシーズンに向けてブーケを買い求める方が多くなるので、スタッフ全員シフトがいっぱいいっぱいです。でも、うちの店長――四葉さんって女性なんですけど、すごく頼りがいがあって明るい方なので、働きやすいです」

「いい仲間に恵まれるって大切ですよね。僕も以前いた大型店舗ではスタッフ同士仲がよくて、普段からお客様や施術についてまめに情報交換してましたし、月一で呑み会に行ってましたよ。

そこでは店長も僕らスタッフも区別なく盛り上がれましたね」

「独立するとき、どんな感じだったんですか？」

「みんな喜んで送り出してくれました。この仕事に就く者はいずれ自分の店を持ちたいと夢見ているひとが多いので。でも、実際はなかなか難しいですね。まず、余裕を持った資金と、お世話になっていたお客様がないと始まりませんから」

「確かに……」

「岡崎さんは、独立しないんですか」

　さらりとした問いかけにしばし考え込んだ。

　まったく想像しなかったわけではない。いまの職場である『貴宮（たかみや）』はチェーン店なので、たまに異動がある。そのことに強い不満はないのだが、新しい環境に馴染（なじ）むまで時間がかかる叶としては、できれば同じ店舗に二年以上在籍したいという想いがあった。

「俺、昔からいきなり環境が変わると眠れなくなったりするんですよ。クラス替えとかまさにそうで、最初の一か月は完全に寝不足になりました」

「それは大人になったいまも？」

「そうですね。うち、異動があるシステムなので。幸いまだいまのところで二店舗目ですけど、こういうのがこの先も続くと思うとちょっとストレスかな。独立、できたらいいんですけどね。店を構えるのはさすがに難しいだろうけど……いつか、フリーのフローリストとして活動できるくらいの力を身につけたいです。そのために、すこしずつ貯金もしてます」

「岡崎さんなら絶対に叶えられますよ。この間見せてくれたレストランの写真、とても素敵でした。あんなに大きな花を生けられるなんて才能がないとできないことですよ」

「それほどでは。あれは、仲介に入ってくださった方が前もって花をそろえてくださってましたし。でも、あれをきっかけに、銀座にあるラグジュアリーホテルのロビーも飾らせてもらえたんです」

「ほんとうに？　いつ？」

「つい先日」

「じゃ、まだ見られるかな」

「大丈夫だと思います」

楽しげにジェルオフを進めていく生嶌が、「ネイル、浮いたりしませんか」と訊いてくる。

「それはないです。ただ、やっぱりどうしても指先が荒れてしまって」

「では、今夜はスペシャルマッサージをしましょう」

やさしく両手を包み込まれて、びくりと反応してしまった。

そのことに気づいた生嶌がちらっと視線を向けてくる。

「まだ慣れませんか？」

「……すこし」

脈が速くなっていることがばれているだろうか。頬が熱くなるのを感じてうつむくと、「僕もです」と笑い声が聞こえた。

「え？」

「僕もどきどきしています」

「お世辞、ですよね」

「そう聞こえたらとても残念なのですが」

くしゃりと相好を崩す生嶌がちょっと可愛く見える。年上なのに。

「ほんとうですよ。こうして来店してくださるたび、岡崎さんとお話できることが僕も楽しいんです。ほかのお客様は無言なことも多いですから」

「すみません。俺、話しすぎてますよね」

聞き上手である生嶌に甘えてしまって、つい喋りすぎたことが恥ずかしい。身をすくめる叶に、生嶌は可笑しそうに肩を揺らしてオイルを手のひらに垂らす。

「手入れをしていく中で、お客様がどんな方か知るのは大事ですから。これまでたくさんの方にお会いしてきましたが――岡崎さんは特別です」

「どうして？」

心から不思議に思う。自分なんてどこにでもいるような平凡な客だろうに。

「指先が誰よりも冷えていたから。すごく緊張してらっしゃるんだろうなと思って、じっくり温めたくなりました。それと、どことなく寂しげに感じたので。これは僕の勝手な憶測なので、お気を悪くしたらすみません」

「……いいえ」

あっけに取られた。そんなにわかりやすく顔に出ていただろうか。

寂しい、という気持ちを叶はずっと抑え込んでいた。職場でほがらかに接してくれる四葉にも、親切にチャンスをくれた松本（まつもと）にも、胸に巣くう想いを口にしたことはない。あえて気取られないように努めていたのだ。

しかし、こころに残る甘い声の持ち主に心地好く触れられていると、知らず知らずのうちに正直な気持ちをあらわにしていたのかもしれない。

生嶌は無理矢理話を続けることはせず、施術の続きに戻った。

「今日は特製のアルガンオイルを使ってマッサージしますね。『メルヴィータ』と言って、アルガンオイル発祥の地、モロッコ産のものです」

手のひらで温めたオイルで包み込んでくれる。そうすることで、人肌が恋しかったのだと思い知った。

大人の男の手は、ぽっかりと空いた穴を埋めてくれるようだ。前よりもゆっくりと指先から手首までオイルを擦り込まれ、心地好さにため息をついた。

「すごく、気持ちいいです」

「今日も一生懸命お仕事されたのでしょう。フローリストさんだと、朝から晩まで立ち仕事でしょうし、足もむくみませんか？」

「普段はそんなに気にならないんですが、やすみの前の日はとくに」

「だったら、今度おやすみの前の日にうちに来てくださいませんか。うちはネイルサロンですが、お客様によっては足のマッサージも行っておりますので」

「いいんですか？」

「ぜひ」

かさついていた手がだんだんとしっとりしていく。生嶌のサロンに来るたび、身体が潤っていくようだった。

手先だけでも触れられるとどきどきしたのに、日頃、他人に見せない足を生嶌にほぐされることを思い描くとそわそわする。

どんなふうに触れてくるのだろう。

叶が椅子にゆったり腰かけ、裸の足を生嶌がやさしく揉みほぐしてくれるのだろうか。

どのへんまで？

どんな強さで？

期待を描いた途端、さっと暗い影が胸を満たす。

『――誰もおまえなんか必要としないよ』

悪意を剝き出しにした声が脳裏をよぎり、ささやかな夢想を断ち切った。

「はい、これで終了です」

「あ……、ありがとうございました」

もう終わってしまった。毎回そうだが、もっとここにいたいのに、あっという間に過ぎてしまう。映画一本を見終える時間はかかっているのだが、そんなことを感じさせないくらい身もこころもゆるゆるとほぐれる。

思い募れば募るほど胸に広がる影は濃くなるが、初めて摑んだ甘い時間を逃したくない。

――物足りない。

もっとマッサージしてほしいというわけではない。

逢瀬を重ねるたびにふわふわした気分が増していく。この想いの行く末がどうなるのか、叶には見当もつかなかった。

ちらりと上目遣いに生嶌を見上げると、オイルが入ったボトルを片付けていた彼が、「もしよかったら」と言う。

「このあと、一緒に夕ごはんを食べに行きませんか?」

思わぬ誘いにぽかんとしてしまう。

あとすこし、あともうすこしだけ一緒にいたいという願いを聞き届けてくれたのだろうか。

「でも、生嶌さんだってお忙しいでしょう。それに俺はただの客のひとりで」

「さっき言っていたあなたの作品が見てみたいな。銀座のホテルの」

その言葉に気分が浮き立つ。

スマートフォンで撮った写真を見せるだけでもいいのだが、せっかくなら実物を見てほしい。輝かしいホテルのロビーを飾る新鮮な花を生嶌に見てほしい。

「じゃあ、あの、ぜひ」

勇気を出して頷くと、生嶌は「よかった」と顔をほころばせる。

「急いで後片付けするので、すこし待っていてください。アイスティーはいかがですか」

「いただきます。なにからなにまですみません」

「謝らないで」

生嶌は秘密めいたまなざしでくちびるの前に人差し指を立てる。

「僕がそうしたいだけなので」

とろりと甘い蜜で搦め捕られていくようだ。

氷の入ったグラスを生嶌から受け取り、彼がデスクを片付け、モップで床を清めるのを見守った。叶も接客商売に就いているからわかるが、この仕事で清潔感は大事な要素だ。

スローなジャズを聴きながら生嶌を見守っていると、エプロンを外し、空になったグラスを叶から受け取って店の奥に姿を消した彼がトートバッグを提げて出てきた。

「行きましょうか。まず、ホテルに行って岡崎さんの作品を見て、そのあと食事に行きませんか？　岡崎さんがいやじゃなかったら、焼き鳥とか」

「大好物です」

洒落た生嶌だったら高級レストランに行くのかもしれないと内心不安だったのだが、庶民的な焼き鳥、と言われて叶も笑う。

ふたりでサロンを出て、穏やかな夜を歩き出した。

二十時を過ぎると、神保町は静まりかえる。どこの店もたいていこの時間になるとシャッターを下ろすのだ。

電車を乗り継ぎ、銀座駅に着くと、叶が先に立って生嶌をホテルに案内した。

ホテルの玄関には隙のない制服を身に着けたドアマンが立ち、うやうやしく叶たちを迎え入れてくれる。

「ああ、これは——すごい」

ロビーに入ってすぐ、生嶌が感嘆の声を上げた。彼の視線の先には、大きな鉢に飾られた秋の花。

ここは松本が夫婦で経営しており、以前から『うちも飾ってほしいの』と請われていた。

ホテルマンたちがこまめに水の入れ替えをしてくれているようで、咲き誇る花はどれもまだ鮮やかだ。

「あれは薔薇ですよね。こっちのオレンジの花は？」

「アンスリウムです。真っ赤なアンスリウムがよく知られているんですけど、こういうやさしい秋カラーも人気なんですよ」

「フラワーショップで見たことはありますが、ほんとうにすごい。こんなに綺麗な花を見たのは初めてです。岡崎さんがひとりで生けたのですか？」

「いいえ、このホテルを共同経営している女性に手伝ってもらいました。ほんとうは僕なんかが生けられるものじゃないんです。ただ、以前引き受けたレストランの花をオーナーさんがいたく気に入ってくださったとのことで、縁あってこのホテルの飾り付けも一度やってみないかとその女性――松本さんからご依頼いただいて」

「松本さんの目は確かだ。ひとつひとつの花が寄り添って、もともとの魅力がさらに際立っています」

「そんな……今回も松本さんが事前に花を用意してくださったものだし」

「だけど、花の配置はあなたが考えたものでしょう？　あらかじめ花があったとしても、これほど美しく生けられるのは、岡崎さんに素晴らしい才能があるからです」

褒めちぎる生嶌に、ふわっと頰が熱くなる。

こんなにも素直な賞賛を受けたのは初めてだ。

嬉しさで胸がいっぱいになるが、片隅に灰色の想いがひそんでいるのを感じて、ふと真顔になる。

生嶌はちいさな変化に気づいたようで顔をのぞき込んでくるが、とくに追及することなく、「ね」とスマートフォンを取り出す。

「記念に写真を撮りませんか」

「俺と？」

「はい、あなたと。コンシェルジュに頼みましょう」

生嶌がコンシェルジュを呼んでスマートフォンを渡す。

花々を背景にしてにこやかな生嶌に寄り添い、ぎこちなく微笑んだ。

何枚か撮ってもらい、満足げな生嶌がスマートフォンを見せてくれる。そこには美しく微笑む男と、硬い笑みを浮かべた自分が写っている。

不意に、生嶌が人差し指でちょんちょんと頬をつついてきた。

「岡崎さんがこころから笑うところが見たいな」

「あ、あの」

照れくさくて、恥ずかしくて後ずさるが、もっと触れてほしくて、頭の中が混乱する。

思っている以上に生嶌は世慣れているのだろう。他人に触れる仕事の中でこころをくすぐる術も身につけ、叶のことも気持ちよくさせてくれるだけだ。そこに深い意味はないはずだ。

己を戒めるものの、胸に芽吹いた淡い想いは叶をやんわりと包み込み、夢見心地にさせる。

包容力のある生嶌にもうすこしだけ近づきたい。おずおずと彼を見上げると、そっと手を握られた。

温かくて大きな手だ。

「――生嶌さん」

掠れた声に生嶌が手を握り直し、「ごはん、行きましょうか」と言う。

操られたようにこくんと頷いたものの、男同士で手を繋いでいることを他人がどう見るのか不安になるが、ホテルを出たあとも生嶌は澄ました顔で、新橋方面へと向かう。

「濃い薔薇がとても綺麗でしたね。こっくりとした深い色に見とれました。あの花言葉とかは知ってます？」

「確か、『情熱』や、『熱望』……だったと思います。最近では結婚式のブーケにも使われる人気の花のひとつです」

「さすがはフローリストさん。熱望か。いまの僕にぴったりだ」

繋いだ手をぶらぶらと揺らす生嶌は機嫌がよさそうで、隣を歩く叶は賑やかな雑踏の中へと向かう間も胸騒ぎを感じていた。

ありふれた日常から、秘密の空間へと連れていってくれる。

そんな想いが叶の足取りを軽くさせた。

生嶌が案内してくれたのは、新橋駅からほど近いビルの一階にある店だ。焼き鳥屋といっていたが、思っていたよりもシックな外観だ。

「ここです。お気に入りの店なんですよ」

「もっとがやがやしているかと思ってました」

「そういうところもいいですが、岡崎さんと初めてのデートするなら、ゆっくり食べながら話ができる店がいいかなと思って」

デート、という言葉が叶を一気に昂らせた。

「これ……デート、なんですか？」

「デートの前哨戦ですね。いやでしたか？」

ふるふると首を横に振り、「いや、じゃないです」とか細い声で言う。

どこまで本気なのか。

年上の男に翻弄されている気がして、わけがわからなくなってくる。

店に入ると、ブラックを基調としたインテリアでまとめられており、落ち着いている。最奥の席に着き、生嶌がメニューを渡してくれた。

「まずは飲み物ですね。岡崎さん、アルコールは？」

「それなりに」

「では、とりあえずビールで乾杯しましょう」

店員に手を挙げてオーダーすると、素早くグラスビールが運ばれてきた。

「初めてのデートに乾杯」

「……乾杯」

はにかみながらグラスを触れ合わせ、緊張を飛ばすようにひと息に半分ほど呑み干した。

「あ、思ったよりいける口かな。なにが食べたいですか」

「生嶌さんのおすすめってあります？」

「レバ刺しと鶏ものたたきは外せませんね。あと、定番のねぎま。じゃがいもといぶりがっこにたまごを混ぜたサラダもおすすめです」

どれもこれも美味しそうで、お腹が鳴りそうだ。

「じゃあ、全部お願いします」

「そうこなくちゃ」

客が食べるスピードに合わせて運ばれてくる料理に舌鼓を打った。

「こんなに美味しいレバ刺しがあるんですね。口溶けがなめらかだし、わさび醤油とよく合います」

「こっちのごまだれも試してみて」

和やかな空気の中、美味しい焼き鳥を平らげ、生嶌の誘いで日本酒にも口をつけた。すっきりした辛口は叶の好みだ。

「これ、すごく美味しいです」

「青森のお酒なんです。僕も大好きなんだ。後味がさっぱりしていて、ついつい呑みすぎちゃうんだよ」

オフタイムだからか、はたまたアルコールが入っているせいか、いつの間にか生嶌の口調が砕けたものになっている。

そのことに、すこしだけ彼に近づけた気がして嬉しい。日本酒の銘柄を変え、互いに酌み交わした。

頬杖をつく生嶌が、「もっときみのことを知りたいな」と言う。

天然のひとたらしかもしれないと苦笑するが、そんな彼にだんだんと惹かれていく自分がいるのも事実だ。

生嶌はごく自然に、こころの中に入り込んでくる。

「いくつなんだろう？　どこに住んでるのかな」

「二十五歳で、森下に住んでます。都営新宿線沿いの。生嶌さんは？」

「春に三十歳になった。住まいは水道橋。サロンに近いから気に入ってるんだ。独り暮らし？」

「ええ」

「一緒だ」

切り子細工のおちょこを口に運ぶ生嶌が、さらに訊ねてきた。

「生まれはどこ？　僕は東京」

「俺は……」

一瞬ためらい、くちびるを舌で湿らせた。

ここで下手な嘘をついても仕方がない。もとより、生嶌には嘘をつきたくなかった。

——あの花をこころから褒めてくれたひとだから。

「……神奈川生まれの、東京育ちです」

「そうなんだ。いいところだよね、神奈川。海も山もあるし。僕もたまに鎌倉や湘南に行くことがある。夏の湘南は大混雑だけど、どの季節に行っても楽しめるし」

「海が好きだと言ってましたもんね」

「覚えててくれたんだ。嬉しいな」

ふわりと微笑む男に勘違いしそうだ。

——俺に好意を抱いてくれているんだろうか。そういう俺自身どうなんだろう。

ちりっと耳たぶが熱くなる。

同性に好意を抱いていいのか。

その『好き』の本質が、親愛によるものなのか、それとも——言葉にできないものなのか、ほろ酔いの頭では判断しきれない。

生嶌のやわらかな目を見ていると、甘えたくなる。彼が年上だから、というだけではない気がする。

もやもやとした気持ちを摑み損ねて、杯を重ねた。

「こら、そんなに呑んだら一気に酔いが回るぞ。お冷やをもらおう」

くすくす笑う生嶌は酒に強いようだ。

お冷やを口にしたが、もっと酔いたい気分だ。

「まだ呑みたいです」

「あと一杯だけだよ」

釘を刺してくるが、生嶌の声はやさしい。

最後の一杯をゆっくり呑んでいると、ジーンズの尻ポケットに入れていたスマートフォンが振動する。なにげなく取り出し、一瞬で酔いが吹き飛んだ。

『なんでうちに帰ってこないんだよ。この間やすみを取るって言ったじゃん』

初っぱなから気落ちするメッセージに、返事する気力はない。

先ほどまでの甘い気持ちが嘘みたいに思える。返事をしなければ相手はさらに毒づくだけだとわかっていて、あえて無視した。

いまはなにも言いたくない。

「どうかした？」

顔色が変わったのを察したのだろう。心配そうな声にのろのろと顔を上げ、黙っておちょこを突き出した。

生嶌もなにも言わず、とっくりを傾けてくれる。

沈黙がふたりの間を支配する。

それに耐えきれず、先に口を開いたのは叶だ。

酒の力を借りて、胸の底に溜まる黒い感情を吐き出してしまいたい。

「……俺、誰にも愛されないんです」

突拍子もない告白に、しかし生嶌は耳を傾けてくれた。

「家族の誰からも必要とされてないんです。……家はあるし、帰ってこいと言われるけど、あそこには帰りたくない。偽の家族なんだから愛されなくて当然ですよね」

「偽の家族？」

案じる声に、叶はテーブルの上で両腕を組み、顔を埋めた。

「……死んだんだ。俺のほんとうの母さんと妹。ずっと前に、ふたりとも死んだ」

長いこと封じ込めていた絶望を声にすると、酔いも手伝っていまにも泣いてしまいそうだ。

「岡崎くん……」

「叶って、呼んでください。一度でいいから」

二十五歳の自分はもう充分大人だ。なのに、いまこんなにももろい。

どうしようもなく幼稚なことを言っているのは百も承知だ。生嶌が笑い出すことも想像した。

しかし、案に相違して髪をくしゃくしゃとかき回された。長い指に髪をやさしく撫でられて、じわりと目縁（まぶち）が熱くなる。

「叶、大丈夫だよ。僕がいる」

「でも俺……ただの客ですよね」

「僕にとっては大切なひとだよ。だからこうして一緒にいるんだ」

信じたい。生嶌がくれた言葉を信じたかった。

だが、いまは酔っているし、そもそも叶は『ネイルサロン・嶌』を訪れる多くの客のひとりにしか過ぎない。

生嶌のやさしさにつけ込んでいる気がして、いやだ。

自分より大人だからといって、べったりと寄りかかることはしたくない。こころから信じたひとがするりと逃げていくむなしさを、二度と味わいたくなかった。

「――すみません。俺、酔ってますよね。もう帰ります」

財布を取り出そうとする手を、生嶌が押さえ込んだ。

「僕が誘ったんだから気にしないで。それよりも、送っていくよ。きみが心配だ」

「大丈夫です。帰れます。電車、まだあるし」

気丈に振る舞ったつもりだが、立ち上がった途端よろけてしまい、慌てた生嶌が肩を支えてくれた。

「年上の言うことを聞きなさい。一緒に帰ろう」

「……はい」

抗う力が残っていなかったので、こくりと頷いた。

会計をすませた生嶌に肩を抱かれ、店を出た。

ふらつく叶をしっかりと支える腕は思った以上に逞しい。

「この時間、電車は混んでるだろうし、タクシーにしよう」

生嶌が通りを走るタクシーに手を挙げると、グリーンの車体がすぐに停まってくれた。

先に生嶌が乗り込み、腕を取られた叶はもつれるようにして彼の隣に座る。

「森下だったよね。番地は？」

もごもごと住所を呟く叶に、生嶌が運転手に伝える。

走り出した車内で、互いになにも口にしなかった。

だけど、生嶌がしっかりと手を握ってくれることに胸を覆い尽くすもやがほんのすこしだけ薄くなっていく。

この熱は、現実だ。

都合のいい夢を見ているわけじゃない。

そう信じたくて、おずおずと握り返すと、生嶌が一本一本指を深く絡めてきた。

彼の手で綺麗にしてもらった爪に視線を落とし、次に生嶌の顔を見ると、やさしい笑みが返ってくる。

どうしてこんなによくしてくれるのだろう。

特別と言ってくれたのは、どういう意味なんだろう。

どうして、今夜一緒にいてくれるのだろう。

どうして、どうして。

尽きぬ疑問にはまり込んでいるうちに、タクシーが停まった。

アパート前で生嶌とともに車を降り、ぼんやりと電灯を見上げた。タクシーが走り去ってしまうと、あたりはしんと静まりかえる。

ちいさな羽虫が電灯に吸い込まれて、じじ、と音を立てている。

まるで、いまの自分みたいだ。

光り輝く生嶌からどうしても目が離せなくて、不用意にふらふらと近づいてしまう。

「部屋、どこ？」

「……一番、奥」

「鍵は？」

おぼつかない手でバッグのポケットを探り、キーケースごと彼に渡した。

手を繋いだまま生嶌は叶の部屋に向かい、鍵を開ける。そうして振り返った。

「おかえり、叶」

頭上から降ってくる深い想いがこもった声に、懸命に抑え込んでいた涙がほろりと頬を伝い

落ちていく。

叶が先に抱きついたのか、生嶌が抱き締めてくれたのが早かったのか、わからない。

気づいたときには彼の広い胸にすっぽりと抱き込まれ、その背中にしがみついていた。

詳しい事情を追及してこない男に感謝し——いつか打ち明けたいけれど、いまはそのときじゃない——ただただその温もりに甘えた。すがれるのは生嶌だけだ。

「——おかえり、叶」

生嶌がもう一度囁いて、しっかりと抱き締めてくれた。

強い抱擁はどんな言葉よりも誠実だ。

背伸びをして応える叶の胸の中に、ほんのりと色づく蕾が一輪。

恋の蕾だ。

五

銀座のホテルを飾った花は思っていた以上に好評だったようで、空が高く澄み渡り、日に日に秋の気配が深まっていくある日、松本(まつもと)が笑顔でフラワーショップにやってきた。

可憐(かれん)なコスモスを主役にしたブーケを渡すと、松本は「あのね」と声を弾ませる。

「うちのホテルの花が大好評だったのよ。あれをバックに写真を撮るひとが大勢いてね。うちは国内外のお客様がいらして、ロビーで記念写真を撮るひとが多いの。それがこの秋は岡崎さんが手がけてくださった花と一緒に撮るひとがほんとうにたくさんいて、ＳＮＳでも話題になったくらい。『あの花を生けたのは誰だ？』って、海外からの問い合わせもしょっちゅう」

「光栄です」

「でね、あなたにもう一度花を生けてほしいの。今度はテレビで」

「テレビ？　テレビ出演するということですか」

思いがけない展開に驚くと、松本は得意満面だ。

「フローリストさんが表に出るってあまりないでしょう。有名な華道家はべつとして、皆が普通に通りかかる駅の構内にあるお店で働くフローリストがどんなふうに花を選んで、生けていくか興味があるって、おつき合いのあるディレクターがリクエストしてきたのよ。どう、やってみない？」

深夜のレストランやホテルですら緊張したのに、テレビ出演となったら一気に萎縮しそうだ。

「あの……」

自分なんかには絶対にできない、と断ろうとしたが、きらりと輝く爪が目に入り、言葉を呑み込んだ。

断るにしてもなんにしても、生嶌に相談してみたい。彼の店に行く口実にもなる。

「お返事に、すこしお時間いただけますか」

「構わないわ」

「二、三日中にはお返事します」

上機嫌な松本が帰っていったあと、いまの会話を小耳に挟んだのだろう。店長の四葉が興奮したように声をかけてきた。

「すごいよ、岡崎くん。テレビ出演なんてめちゃくちゃチャンスじゃない？」

「そうですよね。でも……」

「私も銀座のホテルの花を見に行ったけど、ほんとうに素敵だった。うちで扱うのとはまるで違う大きな花が堂々とロビーを飾っていて、私まで鼻高々になっちゃったよ」

天真爛漫な四葉に叶もゆっくり微笑む。

ここがオープンする前、四葉は町田店の店長を務め、叶は北千住店にいた。どちらも駅構内にある店だったが、この神保町店ほど大きくはない。

オフィスや大学がメインの街にフラワーショップ『貴宮』が根付くだろうかと最初は不安だったが、意外にも客は途切れなく訪れてくれた。仕事で世話になっていたり、祝いごとがあったりする際、花はうってつけの贈り物だ。それに、神保町駅はさまざまな路線が入り組んでいるため、帰り際、ちょっと店に寄って花を買っていくというひともいる。

前の職場でも仕事に専念していたが、神保町店を率いる四葉の明るさには、叶をはじめ、スタッフが皆、信頼を寄せている。忙しいときも彼女がうまく切り回してくれるおかげで、店の売り上げは毎月上昇していると聞く。

「岡崎くんがテレビに出たら、私、絶対に録画しちゃうよ」

「俺がテレビに出て大丈夫ですか。お店に迷惑かけませんか？」

「ぜんぜん。上層部には私のほうから話を通しておくから、気にしないで。岡崎くんのキャリアアップに絶対役立つ」

屈託のない言葉に内心ほっとした。

店の宣伝になるから――そう言われるのではないかとどこかで危惧していたのだ。むろん、そう言われてもおかしくないし、『貴宮』の名が広く知られる絶好のチャンスだ。

店にやってくる客の半分くらいはここが『貴宮』チェーン店のひとつだと知っていると思うが、あとの半分は、名前までは覚えていない駅構内にある花屋、という感じだろう。

仕事先が有名になるのはまったく構わない。しかし、自分が広告塔を務めるとなると話はまたべつだ。

ひとり悶々と考え込んでも答えは出ない。休憩時間にスマートフォンをのぞくと、『ネイルサロン・蔦』は今夜も十八時以降に空きがあった。

仕事を終えてサロンに向かうと、「こんばんは」と生蔦が笑顔で迎えてくれる。

夏から秋にかけて、互いの距離は前より縮まったように思う。

『おかえり、叶』というやわらかな声はこころを摑んで離さない。リフレインするたび、彼への想いが増していく。

もっと、知りたい。

もっと、近づきたい。

どんどん欲深になっていく己をたしなめるものの、嬉しそうな彼を見るとどうしたって止められない。

——俺のことも、知ってほしい。

そんな想いが日ごとに降り積もるのも自然な流れだった。

「今日はどうする？　ネイルを変えてみようか。それともマッサージする？」

和やかに言う生嶌にバッグを預け、ゆったりした椅子に腰かける。しっとりした艶のある極上の椅子に怖々(こわごわ)と座った日はそう前のことじゃない。

だが、互いを繋ぐ透明な糸は確実に近くなっている。

「ネイル、変えてみようかな」

「クリアじゃないものにしてみる?」

「全部の指がそれだと仕事に差し障りますよね。どうしよう」

「じゃ、僕に任せて」

リラックスして生嶌に両手を差し出す。爪を覆っていたクリアジェルを落としてもらい、もう一度綺麗に塗り直してもらう。

うつむいて施術する生嶌がときおり垂れ落ちるひと房の髪を耳にかける仕草が、やけに艶(なま)めかしい。

ジェルネイルにも慣れてきた。最初の頃は指先がもったりと重い感じがして落ち着かなかったのだが、思っていた以上にジェルがしっかり保護してくれたことで爪が割れることもなくなった。

いつものように一本ずつ透明なジェルが塗られていく中、仕事の疲れもあってついうとうとしていると、左手の薬指をきゅっと掴まれた。

その感触に瞼(まぶた)を開けると、やさしい目をした生嶌と視線が合う。

「はい、できあがり」

「……これ」

左手の薬指だけがダークレッドに塗られている。深いその色に目を瞠(みは)れば、生嶌が楽しげに肩を揺らす。

「たまにはこういうのもいいかなと思って。すごく似合うよ。その指、顔の横にかざしてみて。そう……うん。叶の綺麗な目が映える」

「でも、でもちょっと派手じゃ」

「大丈夫だよ。仕事中、薬指は内側に握り込むことが多いだろう。花を渡す際も、たいてい左手を下に添えるだろう？」

「そうだけど……よくわかりましたね。俺が右利きなの」

「もちろん、ずっときみを見ているからね」

「あの、……それ、どういう意味で言ってるんですか」

意味深な言葉の真意を摑みたくて一歩踏み込むと、生嶌が首を傾(かし)げる。

「わからない？」

「言ってくれないとわかりません」

年がいもなくふてくされた口調になってしまって恥ずかしい。

彼の胸の中で涙をこぼした日から、ずいぶんと大胆に甘えるようになった。

「ほんとうにわからない？」

繰り返されたが、首を横に振った。

内心、もしかしたら彼のほうでも淡い想いを抱いてくれているのかもしれないと期待したいが、願えば願うほどその重さに自分が耐えきれなくなる。だから、正直にわからないと答えた。

「この色はきみそのもの。透明な世界でたった一輪、艶やかに咲く花だ。誰もが目を奪われてしまうほどの魅力が、きみにはある」

「そんなこと……ないと思う。あなたほど綺麗じゃないし、背だって高いほうじゃないし」

「どうして僕と比べるの？　叶には叶だけの美しさがあるんだよ。内側から滲み出るような輝きがきみには確かにある。そこに僕はもうすこしだけ色を足したい。きみが許せば」

「どんなふうに？」

「今夜、僕の家においでよ」

しごくさりげない口調で誘われたものだから、自然と頷いた次にはっと顔を上げた。

「生嶌さんの、家」

「そう。明日はサロンの休店日だし、僕の手料理を披露したい。叶は明日どんな感じかな」

「俺もオフ」

「きまりだ。ゆっくり過ごそう」

こくこくと頷きながらも、生嶌のプライベートに入れると思ったら途端に胸が逸る。

一日立ち仕事を終えたあとだけに汗臭くないだろうかとか、失礼のない態度を取れるだろうかとか、考えても仕方のないことばかり浮かんでくる。

熱の灯る薬指を隠すように握り込み、彼と一緒に店じまいをして外へ出た。

水道橋にあるというマンションまで歩く間、取るに足らない言葉を交わした。

透明な秋風に吹かれる心地好さに足取りがゆっくりになっていく。出会ったのはうだるような暑い日々だった。あれから何度も彼のサロンを訪れ、ネイルやマッサージをしてもらったことで、叶の爪は見違えるほどに綺麗になった。そのことは職場のメンバーも気づいてくれたくらいだ。

「いい季節だ」

「ですね。俺も秋は好き」

賑やかなクラクションが行き交う都心はあちこちのビルに明かりが点き、どことなくほっとする。昼間に比べれば人通りがすくないのもいい。

ひしめき合うビルとビルの隙間を練り歩きながら、叶はくすりと笑う。

「なんか不思議な感じ。このビルもあそこのビルも昼間は大勢のひとで埋まっているのに、夜になるとがらんどうの箱になるのがどことなく怖い気もするし、中を見てみたい気もする」

「世界には僕たちしかいない、って感じ？」

「……そんな感じ」

がらんどうの箱は、さしずめいまの自分かもしれない。叶自身、こころの奥をのぞくのが怖くて、だけど隣を歩く男に見てほしい気もする。

相反する想いが行ったり来たりしても、そう焦ることはなかった。

夜道に浮かぶ薄い影を同じステップで刻む生嶌にすこしだけ身体を寄せると、彼のほうから手を繋いできた。

一瞬驚いたものの、叶も息を吸い込んで握り返す。

ふわりとした熱がふたりを繋いでくれる。

大切な気持ちをまだ言葉にしていない——でも、このままでもいい。そんなふうにも思う。

なにか言わなければ先には進めない。

決定的なひと言を口にしなければ、淡い想いはいつしか消えてしまうだろう。そして、同性同士における正しい友情という関係に収まる。

叶はそうしたくなかった。だけど、ためらう。大人の男に無責任に甘えられるのは本心を隠しているからだ。この浅ましい胸の裡を知ってもなお、生嶌は微笑んでくれるのかさだかではない。

あと一歩前に踏み出すことをどうして惑うのか。ぜひとも生嶌に聞いてほしいのだが、それが今夜叶うのかどうか。

いくつもの明かりが灯るマンションに入り、エレベーターで七階まで上がる。廊下の突き当たりにある部屋の前で生嶌が立ち止まった。

「ここが僕の部屋。ようこそ、いらっしゃい」

扉を大きく開けてくれる男に頭を下げ、綺麗な玄関で靴を脱いだ。

「お邪魔します」

「どうぞ、入って」

玄関から続くリビングは使いやすそうなキッチンへと繋がっている。ゆったりしたイエローのソファとガラステーブルの前には銀色のラックが置かれ、趣味のいいステレオセットが鎮座していた。両脇にはスタンド型のスピーカーが立っている。

「生嶌さんちもテレビないんだ」

「うん。家では音楽を聴いて過ごすことにしてるんだ。叶、こっち来て」

誘われて部屋の奥に行くと、生嶌がグリーンのカーテンと窓を開いてくれた。涼しい風とともに、楽しそうな声がいっせいになだれ込んでくる。

目の前に広がるまぶしいネオンに、たちまちこころを奪われた。

高層ビルの谷間にぎゅっと詰め込まれたおもちゃみたいな遊園地はまばゆく、宝石箱みたいだ。弾ける光と声は上がったり下がったりして渦を巻き、夜空の高いところへと消えていく。

「ああ、そうか、ここ遊園地の真ん前なんだ。すごい、観覧車も見える。あ、あ、ジェットコースターも」

きらきらしたものが好きだという生嶌が選んだ部屋だけのことはある。

身を乗り出し、うねるジェットコースターを指さし、都会の夜を彩る笑い声を鼓膜に染み込ませた。これなら、テレビは必要ない。窓を開けるだけで胸がときめくのだ。

「気に入った？」

「すごく」

こんなに素敵な夜を知っているなんて。

そこに自分を入らせてくれたのがひどく嬉しい。

深く頷くのと同時に、素早く頬にくちづけられた。

甘い熱を感じたのは、ほんの一瞬。

「え？　いまの」

一瞬のキスに驚いたのが可笑しかったのだろう。生嶌が笑い声を立てながらキッチンに戻り、「ごはん作るよ」と手招きしてくる。

「叶はそこに座ってて。すぐに作る」

「……いえ、あの、俺も手伝います。ただ座ってるのは性に合わないから」

頬へのキスは単なるいたずらか、挨拶だったのかもしれない。そう言い聞かせないと、声が裏返りそうだ。

「だめだめ。きみは大切なお客様だよ。お願いだから僕の言うことを聞いて、ゆっくりしていて。叶、苦手なものはある？」

「ないです」

「グリーンピースは大丈夫？」

「好きです」

「はい、チャーハンとコンソメスープにサラダで決定」

歌うように言いながら生嶌は冷蔵庫を開けて閉め、具材を整えてあっという間にフライパンを振る。

ほんとうに手際がいい。

またたく間に料理が運ばれてきて、いい匂いが鼻をくすぐる。

「美味しそう……」

「熱いうちに食べよう。いただきます」

「いただきます」

そろってソファに座り、手を合わせた。

たまごがふんわりと混ざるチャーハンは絶品で、一度食べ始めたら止まらない。「インスタントだよ」と言われたコンソメスープも美味しいし、サラダも新鮮だ。

「叶はまだ色気よりも食い気かな」

生嶌が吹き出し、頬が熱くなる。

「すみません、がっついて。お腹空いてて……」

「僕を信じてくれてる証拠かなと思うと嬉しいよ。怖いやつの隣じゃ食欲も湧かないだろう? たくさん食べて。デザートにはりんごを剥いてあげるから」

かいがいしく世話してくれる生嶌に礼を告げ、綺麗に平らげた。

みずみずしいりんごまで食べて、もうなにも入らない。

「満足です……」

お腹をさすりながらソファに背を預け、瞼を閉じた。

これほど満たされたことはない。素直にそう言うと、「よかった」と顔をほころばせる生嶌が皿を片付け始める。慌てて身を起こし、彼の隣に立った。

「皿洗い、俺もやります」

「いいのに」

「でも、美味しいごはん食べさせてもらったから」

これくらいはさせてほしい。ふたりぶんの皿洗いを手早く終えると、「呑む?」と生嶌がワイングラスをふたつ手に提げていた。

「美味しいワインがあるんだ」

「いただきます」

もう一度ソファに腰かけ、窓を開け放したままワイングラスを触れ合わせた。きりっと冷えた辛口の白ワインで喉を潤し、今度こそ深く座り込んだ。

「いい部屋だなあ……」

「叶にそう言ってもらえてよかった。僕も好きなんだよ、この部屋。不動産屋さんには、『朝も夜も結構うるさいですよ』って言われたけど、なんか楽しくてね。自分が笑えない日でも、外から楽しそうな声が入ってくるだけで気分が変わる」

「生嶌さんでもそんなふうに思うことがあるんですか」

笑顔が地のような男でも、物思いに耽ることがあるのか。

あらためて考えれば、彼は大型ネイルサロンから独立しているのだ。相応の苦悩はあるはずだとすぐさま思い至り、「すみません」と言い足すと、生嶌が目を細める。

「なんできみが謝るの。変なことは言ってないよ」

「でも」

誰よりも華やかに咲き誇る薔薇のような第一印象は、いまでも強く記憶に残っていた。そんな生嶌がひとり部屋の中で口を閉ざす夜もあるのかと思うと、言いようのないせつなさがこみ上げてくる。

ひょっとしたら見た目以上に複雑な感情を隠し持つ男なのかもしれない。ただの考えすぎかもしれないが。

さらさらしたフローリングに影を躍らせるカーテンの裾をなんとはなしに見つめ、ふと振り向くと生嶌と視線が絡む。

うっすらとした熱が感じられるのはアルコールのせいだろうか。

このまま引き込まれたら望んだ時間が手に入りそうだが、――そうだ、と思い出し、背筋を伸ばす。

「生嶌さんに相談したいことがあって」

「なに？」

甘い雰囲気を崩すのはもどかしいが、せっかくふたりきりなのだ。

これまでつき合ってきた中で、生嶌が聞き上手なのはよくわかっている。自分よりも五歳上なのだから、さまざまなことを知っているはずだ。

「あの、じつは俺……テレビに出ないかって誘われてて」

「ほんとうに？　すごいじゃないか。もしかしてホテルの花がきっかけ？」

「そうです。あれが思いのほか好評だったらしくて、松本さんの知り合いのディレクターさんがテレビに出ないかって……」

「もしかして、迷ってる？」

隠しごとはできないなと苦笑いし、頷いた。

「レストランでもホテルでも花を生けたときは深夜だったたし、アシストしてくれたのは松本さんだったから、なんとかこなせたんです。でも、テレビ出演となると、大勢のひとがいるでしょう。それに、番組を通して俺を知るひとがたくさん出るかもしれないと思ったら、とてもじゃないけどできそうにもないなって」

「やる前から断るの？」

やわらかい声が鋭いところを突いてきて、言葉に詰まる。

「そう、なんだけど……」

「僕はいいと思うけどな。テレビ出演となったらいつも扱っている花よりもっと豪華なものに触れるかもしれないじゃないか。僕は観たいけど」

「……でも」

半分ほど残ったグラスをテーブルに置き、ぎゅっと拳を握る。

深く息を吸って吐き出し、瞼を閉じてうつむく。

「俺が表舞台に出たらいやがるひとがいるんです」

「誰？」

胡乱（うろん）そうな声で、ぼそりと呟いた。

もう一度深く息を吸い込んだ。もういまさらあとには引けない。

「俺の、弟」

「弟さん？　叶に弟さんがいたんだ」

「義理っていうか……正確には血は繋がってません。俺も、弟も、養子だから」

生嶌は黙っていた。話の先をうながすように。

瞼を開き、血管が浮き出るほど強く握った拳を見つめる。

「俺、八歳のときに実の母親と妹を亡くしてるんです。海の事故で……。父はいませんでした。なんでいないのか、母はあまり言いたがらなかったけど、たぶん、俺たちを置いて逃げたんだと思います」

「……どうしてそう思うの」

「夜、母が写真を見ていたことがあったから。母たちが亡くなったあと、遺品整理をしていたら一枚だけ写真が出てきて。そこに俺の知らない男性が写ってました。笑顔の母と、まだ赤ん坊の俺を抱いた男性。俺はぜんぜん記憶がないんです。父がいないことはとくに寂しくありませんでした。けっして裕福じゃなかったけど、母と妹と三人で仲よく暮らしてたから」

「うん」

「八歳の夏——母が海に行こうって行ったんです。母は昼間スーパーで、夜はスナックで働いていて、俺たちを必死に育ててくれました。やすみを取るのも大変だったはずです。三人でどこかに行くのは年に二度、三度あるぐらいだった。俺と妹は大喜びした。家族で海に行くのは初めてだったから。朝早くから母はお弁当を作ってくれて、電車を乗り継いで、湘南に行きました。夏の湘南は大混雑するって……前に生嶌さんも言ってましたよね。そのときもそうだった」

母はお弁当の入ったリュックを背負い、叶と妹の手を繋いで嬉しそうに『こっちに行くと、空いてるの』と岩場を乗り越えた。

そこは確かにひとっこひとりおらず、打ち寄せる波も穏やかだった。

「早速水着に着替えて俺たちは砂でお城を作ったり、貝殻を集めたりした。昼過ぎにはお弁当を食べてみんなで海を眺めた。俺が記憶しているかぎり、ほんとうに綺麗な海でした。真夏の太陽がダイヤモンドみたいにきらきら波を輝かせて、俺たちの足下を濡らした」

『もういっかい、うみであそびたい』

四歳の妹が笑顔で言い、母も機嫌よさそうに頷いた。

「俺はまだお腹がこなれていなかったから、待ってるよ、って言ったんです。母は浮き輪をつけた妹の手を繋いで波打ち際に駆けていった。まるで、ちいさな女の子みたいにはしゃいで、振り向いたんです。『——叶、置いてっちゃうわよ』って……その直後に……直後に、大きな波がやってきた」

すこし前から風が強くなっていた。しかし、海はまだ凪いでいた。

なのに、嘘のように大きな白い波が襲ってきて、あっという間にふたりを呑み込んだ。

「妹のピンクの浮き輪がひっくり返って、荒い波の間から母が手を振り回して妹を懸命に探してた。俺は呆然として……なにが起こったか一瞬わからなくて……浮き輪の端と、母の手がどんどん沖に流されていくのを見て、必死に叫んだ」

誰か、助けて。

助けて。

お母さんと妹が溺れてる。

沖のほうに重い雲が浮かんでいた。いまにも嵐がやってきそうだった。

甲高い叫びを聞きつけた海水浴客が岩場を乗り越えてきて、海に走り出していた叶を全力で抱き止め、誰かが警察を呼べと叫び、誰かと誰かが膝まで海に浸かり、おーい、おーい、と大声を上げていた。

波は穏やかさをかなぐり捨て、救助に来た男性たちまでさらおうとしていた。

「危ない、行っちゃだめだと大人たちが真っ青な顔をしていました。そのうち警察がやってきて……あとの記憶は断片的です。警察署に連れていかれていろいろと訊ねられたけど、ちゃんと答えられたかどうかも覚えていない。気づいたら病院のベッドに寝かされていた。代わる代わるお医者さんと看護師さんが来て、心配そうに俺をのぞき込んでいました。そこからまた記憶が飛んで……俺は、見知らぬ子どもたちと一緒にいた」

「……施設に預けられたのかな」

「ええ。いろいろな事情で親がいない子たちが集まる場で、俺も暮らすことになりました。そこでの記憶もあまりありません。まだ、母と妹の死が受け入れられなくて、誰とも話さなかった。そんな俺に声をかけてくれる子もいたけど、俺は応えなかった。……話すことなんかなかった」

ひとつ息を吐き、生嶌の様子を窺った。

彼はワイングラスの底をのぞき込み、じっとしている。叶の話を真剣に聞いている証拠だ。

その姿勢に勇気づけられ、続きを話すことにした。

感情的にならず、できるだけ淡々と。

「一か月ほど、施設で暮らしていたら、母の遠い親戚だという夫婦が俺を引き取りたいと現れました。裕福なお医者でどうしても子どもができなかったって、あとから聞きました。母が生きていた頃、一度も会ったことがなかったけど、とてもやさしそうだった。無愛想な俺の目の高さまでしゃがみ込んで、『うちにいらっしゃい、あなただけの静かな部屋でふかふかのベッドが待ってるわよ』って。施設は俺にすごくよくしてくれたけど、なにせ預けられた子たちが多かったんです。一部屋に二段ベッドが二つあって、いつも四人の子と寝るのが当たり前でした。だから、彼ら――岡崎さんたちの言葉は魅力的だった。母と妹とのことをゆっくり考える部屋がほしかったから」

施設側は叶の意思を尊重してくれた。

――ほんとうに大丈夫？　無理はしなくていいのよ。叶くんはまだここにいていいんだから。

最終的な判断は叶に任されたので、『行きます。岡崎さんちに』と言った。

「そうして俺は岡崎叶になりました。もともとは夏目叶という名前でしたが、岡崎家に引き取られることになって、姓を変更したんです。手続きを終えた岡崎さんは俺を車で自宅まで送ってくれました。大きな庭のある、白い邸宅です。あんな豪華な家、いままで見たことなかった。俺もちょっと浮かれてたんだと思います。岡崎さんが『あなたの部屋は二階に用意してあるわ』って言った瞬間、らせん階段を駆け上がるくらいでしたから」

「望みどおりの部屋だった？」

テーブルにグラスを戻した生嶌がそっと指を摑んでくる。冷えた感情が指先にも表れていたのだろう。彼はとくにそのことを言及するわけでもなく、叶の指を擦(さす)って熱を呼び戻してくれるようだった。

脳裏に浮かぶのは、真っ白なカーテン、真っ白なベッド、真っ白な椅子と机。

「なにもかも、真っ白でした。綺麗だって岡崎さんたちに言ったら、彼らは笑ってくれた。でも笑ってくれたのはそのとき一度だけ。俺に課せられたのは、白い部屋を絶対に汚さないこと。岡崎家の跡取りとして完璧(かんぺき)であることの二点」

「どういうこと？」

初めて生嶌が怪訝(けげん)そうに訊ねてきた。

「言葉どおりです。俺に与えられた白い部屋にはなにも飾っちゃいけないし、傷もつけちゃいけない。カーテンやベッドシーツは家政婦さんが洗ってくれたので清潔でした。俺には毎朝着る服が用意された。主におばさんの趣味で。良家の子息に見えるよう、真っ白なシャツに紺のズボン、靴下。下着も白。それ以外の色も着てみたいと言っても却下されました。朝ごはん、夕ごはんも家政婦さんが作ってくれた、栄養満点のメニュー。でもそこに俺の好き嫌いは反映されませんでした。もっと食べたくてもだめで、もう食べられないというのもだめで、出されたものは綺麗に残らず食べる、というのが岡崎さんとの約束でした」

「それは――つらかったんじゃ……」

「おかげで好き嫌いはなくなりましたけどね。その反面、なにを食べても無味に感じられた。――服も、鞄も、髪型も、全部全部、岡崎さんの好みでした。俺は操り人形だったんですよ」

岡崎家の体裁を整えるための操り人形、それが叶だったのだ。

夫婦ともに総合病院の院長、副院長だったため、ほとんど家におらず、叶の世話は家政婦がこなした。彼らは叶を引き取ったあと一度も笑わず、仕事上のパーティや親族の集いに完璧に装った叶を連れていき、得意そうに見せびらかした。

――私たちがこのかわいそうな子を引き取ってあげたのよ。見て、すっかり綺麗になったでしょう。

――勉強もよくできるんだ。僕たちがなにも言わなくても百点を取ってくるような子でね。

最初の頃は叶も岡崎たちに恩義を感じ、できるだけいい子であるように努めた。

「すべて、彼らがお膳立てしたんです。俺が綺麗にしていたのは、そうしないと怒られるから。百点以外は零点に過ぎないと言われました。九十八点でも怒られた。作文も執拗に添削されて、一言一句、彼らの気に入るように繰り返し書き直しを命じられました。俺がすこしでも反論しようものなら、白い部屋に閉じ込められた。外側から鍵をかけられて」

身じろぎもしない生嶌が言葉を失っているのが伝わってくる。だから、叶もこの話を巻いてしまうことにした。

できるだけ冷静であろうと意識したのだが、初めて他人に明かした過去は昨日起こった出来事のように生々しくこころの傷口を抉り、新たな血を流す。

「俺はもがきました。何度家出して施設に戻ろうとしたか。その都度岡崎さんに見つけられて不可能でした。次第に俺はやる気をなくして、学校の成績もかんばしくなくなった。パーティでも笑わなくなった。部屋に閉じこもって夢想しました。母と妹が生きていたら、なにをしていただろうって。貧しくても楽しかったあの頃に戻りたかった。母がすくない蓄えの中からよく花を買ってきてくれたことを思い出しました。チューリップ、ラナンキュラス、薔薇、ひまわり、コスモス。母はフローリストになりたかったそうです。でも、苦しい暮らしでその夢は叶えられなかった。白い部屋で、俺は色とりどりの花を思い浮かべた。そんなところも気に入らなかったんでしょうね。思うようにならなくなった俺を見限った岡崎さんは、べつの施設から二歳下の義理の弟を引き取ってきました。望といいます」

望はその名のとおり、岡崎たちが理想とする完璧な子どもだった。言うことはなんでも聞き、つねに笑顔で、立ち居振る舞いも優雅だった。

「望が来たことで、岡崎さんは彼に夢中になりました。俺はもう放っておかれた。いないも同然だった。一刻も早くこの家を出て独立したい、将来は母の意思を継いで、フローリストになりたい、そのことばかり考えてました。でも、岡崎さんは俺の将来まで決めようとしたんです。俺に興味は失ったとしても、岡崎家の子であることは違いないからって」

生嶌が立ち上がり、ワインのおかわりを注いでくれた。

話し続けたことで叶も喉がからからになっていたのでありがたい。

「でも、結局は大学入学をきっかけに家を出ました。俺は自分の夢を貫きたかったんです。家は望が引き継ぐことが決まっていたので。俺がテレビ出演を悩むのは、望と岡崎さんたちがいやがると思うから。『岡崎叶』の名前で、この顔でメディアに出たら、岡崎家の名に泥を塗ることになるから。……変ですよね、俺。こころのどこかでは自分の人生を歩みたいと願うのに、もっといい子にしていたら、岡崎さんたちをしあわせにできていたかもしれない」

「罪悪感があるということ？」

「そう」

短く切って、なみなみと注がれたワインを呑む。ふらりと傾ぐ身体を、生嶌がやさしく支えてくれた。

つかの間、沈黙がふたりを支配した。

だが、気まずいものではなかった。生嶌が肩を抱き寄せてくれ、温かくさすってくれる。

「――わかるよ、叶の気持ち。……痛いほどにわかる」

実感のこもった声の真意を問いただそうとしたが、その気力はいまはない。お世辞で言ってくれているのか。それともいまの話のどこかにシンクロするところがあったのか。

「話してくれてありがとう。きみのことがまたすこし知れて嬉しい」

「すみません……なにからなにまで話して。重たい、とか思いません？」

生嶌は横に頭を振り、「ぜんぜん」と言う。誠実なその声に嘘は感じられなかったから、叶も身体の力を抜いて彼にもたれた。

芯から疲れ切っている。胸に押し込めていた過去を打ち明けたのは、生嶌が初めてだ。

髪を指でかき回し、耳たぶをくすぐる生嶌が頬ずりしてきた。

「今夜はここに泊まったらいい。明日はお互いにやすみだし」

「でも……」

「僕のでよかったら着替えはあるから。明日、きみと行きたいところがあるんだ」

「どこ？」

「それは起きてからのお楽しみ。さあ、お風呂に入っておいで。バスオイルがいくつかあるから、好きなのを使って」

「……うん」

素直に頷き、それでも彼の胸を離れたくなかったから、上目遣いに見上げた。

生嶌は困ったように笑っている。

「僕の理性が働いているうちに、お風呂へどうぞ」

頭をくしゃりと撫でられ、ちいさく息を吐き、「わかりました」と立ち上がった。

六

陽の光がまばゆくて、叶は目を細める。

昨晩は生嶌の家に泊まり、いつになく深く眠った。家主である生嶌はソファでやすみ、叶はベッドを使わせてもらった。

『きみは大切なお客様なんだからベッドで寝て』

『でも、悪いです』

『いいからいいから』

なんでもないふうに言い、生嶌に背を押され、静かな寝室に押し込まれた。申し訳ないと思ったものの眠気には勝てず、結局朝まで熟睡したというわけだ。

生嶌が作ってくれた朝ごはんを食べ、昼過ぎ、彼と一緒に目黒にあるラグジュアリーホテルを訪れた叶はあたりをきょろきょろと見回す。

銀座のホテルもハイクラスだったが、ここも格式がある。

堂々とロビーに入っていく生嶌はどこにいても華があり、賑わうひとびとの視線を一手に引き受けていた。こなれたサンドベージュのジャケットの袖を軽くまくり上げ、秋らしい深みのあるブラウンのパンツがよく似合っている。ハーフアップにしたアッシュブロンドの髪も相まって、まるでモデルか俳優のようだ。

「あの、生嶌さん、ここにはどういう用で？」

「花が好きなきみの気に入りそうなものがあるかなと思って」

軽やかに言う生嶌はロビー奥手に広がるきらびやかなフロアに向かい、受付のウエイターに名前を告げる。品のある笑みを浮かべたウエイターは、「こちらへどうぞ」と叶たちをはめ殺しの大きな窓際のテーブルへと案内してくれた。

周囲の客は皆、楽しげにグラスを掲げている。

「シャンパンガーデンなんだ。ここでは極上のシャンパンとともに美味しいオードブルが食べられる。テーブルに飾られる花も見事なんだよ」

生嶌が言っているそばから、叶は目の前の花々に魅入られていた。

円形の器には可憐なピンクの薔薇が飾られている。艶のある花びらはしっとりしていて、思わず触れたくなってしまう。

「綺麗だよね」

「すごく」

視線を転じれば、テーブルごとに飾られている花が違う。ダリアのテーブルもあれば、ガーベラのテーブルもある。

鮮やかな花を目にして、こころが浮き立つ。

「叶、好きなシャンパンはある?」

「え、っと、すみません、あまり知らなくて。お願いしてもいいですか」

「任せて。まだ昼間だから、軽めのものにしよう」

ネイビーとブラウンを基調としたテーブルに、オードブルと泡の立つグラスが運ばれてきた。

生ハムが載ったクラッカーをぱりっとかじり、シャンパンを口に運ぶ。爽やかな味わいが口の中で弾け、ついつい調子に乗って呑んでしまいそうだ。

「美味しい?」

向かい合わせに座る生嶌に笑顔で頷いた。

「生嶌さん、ここにはよく来るんですか」

「たまにひとりでね。普段はビルの中で過ごしてるから、オフはできるだけ外で過ごすようにしてるんだ。まあ、ベッドにタブレットを持ち込んで映画を観ながらゴロゴロしちゃう日もあるけど。ここから見える庭園が好きなんだよ」

「確かに」

都内とは思えないほどうっそうと茂った森を奥に控えた庭は丁寧に手入れがされているようだ。昨晩話したことを生嶌は持ち出さず、叶をここに連れてきた。その理由を、叶も聞かずにいた。

互いに極上のシャンパンを味わい、テーブルに飾られた花を愛で、秋めいていく庭を眺めながら、ゆったりと過ぎていく時間に身を委ねた。

「いいところですね、ここ。俺ひとりだったら絶対来られません」

「きみにはもっと美しい景色を見せたいんだ」

にこりと笑い、生嶌はシャンパンを啜る。

「花も緑も綺麗だ。僕らは普段都心で働いているから、こうした緑とは縁遠くなるよね。叶が一生懸命いまの仕事に励んでいることは僕も知っている。でも、フローリストの普段の仕事についてはよくわからないんだ。きみの一日を教えて」

問われて、叶は顎に手をやり思案する。

「朝はまず、店の清掃から始まります。フラワーショップは清潔であることが一番なので。それから、店長が市場で選んできた何百本もの花の葉っぱをもぎます」

「葉っぱをもぐ？　どうして？」

好奇心旺盛な生嶌に嬉しくなってしまう。花のことになると時間を忘れて語りそうだ。

「花に栄養が行くようにするためです。葉は花のすぐ下にあるもの以外はすっぱりもいじゃいます。鮮度が高いうちに行う作業なので、スタッフ全員で取りかかるんですよ」

「なるほど、だからいつフラワーショップに行っても花がみずみずしいんだね」

「店でよく見かける薔薇みたいな一輪売りの花も、全部葉を落としてあの姿になってるんですよ。綺麗に見えるからという以外に、花そのものの鮮度を落とさないためです」

「店が開いてからも忙しいだろう。どんどんお客さんが来るし」

「シーズンにもよりますが、繁忙期は一日百五十件近くのブーケを作りますよ」

「それはすごい」

驚いたように生嶌が目を瞠り、椅子に深く背を預ける。

「お客様のリクエストに応えて、季節の花を組み合わせていくんです。この作業が俺は一番好きかな。うちは駅構内に店があるので、常連様以外に初めて寄ってくださる方もすごく多いんですよ。ビジネスマンが仕事先に持っていくためとか、学生さんが家族や友だち、恋人に贈るためとか。予算や好きな色を聞いて、ぱぱっと仕上げます」

「頭の回転が速くないと務まらない仕事だ」

「慣れもあります」

照れながら叶は自分の爪に視線を落とした。左手の薬指は艶やかに彩られている。

すこしずつ、すこしずつ、彼と近しくなっていく。

最初に泣いたとき、そして昨晩、叶は生嶌の深いところに踏み込んだ。年上の男なら勢いで次のステップに行くかもしれないとこころのどこかで夢想していたが、生嶌はけっして急ぐことはしなかった。

それが嬉しくて、もどかしい。

叶のもろい部分を知った生嶌が大切に扱ってくれることがわかるから。

微笑を浮かべる彼と視線を絡めれば、胸が高鳴る。

――好きなんだろうか。俺は生嶌さんが好きなんだろうか。でも、お互いに男だ。生嶌さんはただやさしくて、友愛の意味で俺に接しているのかもしれない。でも、俺は。

「俺は……」

「うん？」

胸の裡の声が漏れ出たことにはっとなり、慌ててうつむいた。

熱っぽい感情があらわになっている顔を見られたくない。

すべてが自分の勘違いだとしたら、恥ずかしくて死んでしまいそうだ。

「ところで、テレビ出演の話だけど」

「あ、あ、はい」

うまい具合に話をそらされて、叶は顔を引き締める。

「僕もついていっていい？」

「……え？」

「きみが迷うのもわかる。でも、これは叶自身にとって大きなチャンスだ。いろいろと悩ましいことはあるだろうけど、きみの今後を考えた場合、テレビに出てもいいと思うんだ。で、おこがましいけど、僕はきみのお手伝いということで一緒に行きたいな」

　確かに、生嶌がそばにいてくれたらこころ強い。

　ほんとうは、わかっている。

　つらい過去といつかは距離を置き、自分らしい人生を探すため、一歩前に踏み出すことが必要だ。

「いいんですか？　生嶌さんだって忙しいでしょうに」

「叶のためならなんでもする」

　思わず頼りたくなってしまう言葉に、ふわっとこころの中に花が咲く。

　世界中で誰よりも目を奪われる男にそばにいてほしい。過ぎた願いだということは百も承知だ。彼を望むひとは限りなくいるだろうし、生嶌自身、相手に困らないだろう。

　それでも、叶の涙をやさしく指で拭い取り、真実を打ち明けたときも穏やかに髪を撫でてくれた生嶌へ想いを寄せてしまう。

　綺麗に笑う生嶌に見とれていたのだろう。

「叶、どうかした？」

「いえ、すみません。……あの、一緒に行ってくれたら俺も嬉しいです」

「ほんとうに？　きみの邪魔にならないよう頑張るよ。どんどん俺をこき使って」

「もう、生嶌さん」

自分のサポートをしてくれる生嶌を想像して、うずうずしてくる。もちろん、彼をこき使うつもりはまったくない。ただそばで見ていてほしい。

ひとりだけではテレビ出演という大舞台に挑むなんて、けっして思い浮かばなかった。家族のこともあるし、自分という者は日陰にいたほうがいいと思ってきたのだ。

誰にも迷惑をかけないように。

邪魔だと思われないように。

きらわれないように。

卑屈な想いを消せない自分に、生嶌は寄り添ってくれる。それがどれだけ嬉しいか。胸に棲む想いすべてを彼に伝えられたらいいのに。

「ありがとうございます。俺なんかが表に出ていいのか自信がなかったんですけど、生嶌さんが一緒に来てくださるなら、頑張れそうです」

そう言うと、テーブルに身を乗り出す生嶌がいたずらっぽくウインクする。

「俺なんか、という言葉はやめてみよう。きみはもっと胸を張っていい。素晴らしい才能があるんだから。それを認めた松本さんがチャンスを与えてくれたんだろう？　でも、すぐには変えられないよね。きみが次に『俺なんか』と口にしたら、キスで止める」

甘い囁きにかっと頬が熱くなる。

「……それ、冗談ですよね」

「だって、だってあなたほどのひとだったら、俺なんか——あ、あの」

「本気だよ」

「お仕置きだ」

手を摑まれ、指先に温かいくちびるが押し当てられる。

「……生嶌さん……！」

「大丈夫。誰も見てない。皆、自分たちの話に夢中だよ。ね、僕を見て、叶。いま、きみの瞳(ひとみ)には誰が映ってる？」

再び指先にくちづける男におそるおそる焦点を合わせた。

深い温かさをたたえた目に釘付けになる。

「……生嶌さん、です」

掠れた声に、「うん」と彼が顔をほころばせる。

「僕の目にもきみしか映ってないよ、叶。きみはもっともっと咲き誇る。そのことを信じて。ほかのなにも信じられなくても、僕の言葉は信じて」

笑っていても、生嶌の声は真摯(しんし)だ。

だから、叶もこくんと頷いた。

「あなたを——信じます」

「僕ときみの約束だ」

名残惜しそうな顔で、三度指先にキスをする生嶌に、こころを全部持っていかれる。

こんなひとには初めて出会った。母と妹への愛は普遍的な家族愛で、きっと永遠に想い続けるだろう。

だけど、生嶌のようにまるっきり赤の他人に想いを寄せるのは生まれて初めてで、甘やかな希望が胸に満ちていく。

好きで好きで好きで。

これが初めての恋だ。

七

松本(まつもと)にテレビ出演すると伝えたところ、電話の向こうにいる彼女は自分のことのように大喜びしてくれた。

『早速ディレクターに連絡するわ。日取りはこちらで決めていいかしら。先方も乗り気だったから、そう待たせないと思う』

「大丈夫です。うちの店長も、ぜひに、とのことでしたので。……それで、あの、当日、もうひとり連れていってもいいでしょうか。花の仕事に興味を持っていて、俺の手伝いをしたいと言ってくれるひとがいるので」

『もちろんオーケー。それも伝えておくわ。引き受けてくださってほんとうにありがとう。岡崎(おかざき)さんの才能をもっと多くのひとに見てもらいたいの』

こころのこもった声に、叶(かなえ)はスマートフォンを持ちながら頭を下げた。

「こちらこそ、ありがとうございます。俺なん……いえ、俺を認めてくださって」

その後もテレビ出演に備えて段取りを打ち合わせ、電話を切った。

秋晴れの昼休み、いつもの公園で松本に連絡をした叶は、続けて生嶌宛にメッセージを送った。

――テレビ出演することにしました。生嶌さんのおかげです。日程が決まったらまた連絡します。

短いメッセージを送信したあと画面を眺めていると、既読マークがつき、『楽しみに待ってるよ』という言葉とともに、可愛らしい花のスタンプが飛んできた。

生嶌のような大人でもキュートなスタンプを使うのかと思ったら、ちょっと可笑しかった。

しっかりとお弁当を食べ終えたから、このあとも頑張れそうだ。

軽い足取りで店に戻り、訪れる客たちの注文に応えて次々にブーケを作っていく。テレビに出るなら、これよりももっと大きくて華やかなものに挑戦したい。どんな花を生けるかまだはっきりと決めていないが、秋らしく深みのある色を選びたい。

やっぱり、薔薇だろうか。画面を通じても、あの華やかさは伝わるものだ。

薔薇にもいろいろあるが、いまの季節ならアンティークな色の薔薇が好まれる。オレンジからブラウンと濃淡があり、ほっとするような色合いだ。それを鮮やかなシダで囲むのもいい。

「コスモスもいいかな」

店頭のスタンドで可愛く咲くピンクのコスモスに微笑む。この花も、秋らしい。コスモスでブーケを作ってほしいというオーダーもひっきりなしだ。近年、チョコレートコスモスという品種が入るようになった。普通のコスモスよりも花弁が多くフリルのように咲く品種で、甘いチョコレートの香りがする。珍しい品種に客は「これもコスモスなんだ」と喜んで買っていく。

「ケイトウもいいかな……」

ぽこぽことしたフォルムと濃い色が特徴のケイトウは種類も豊富だ。キャッスルピンクと呼ばれるケイトウは先端が尖っており、ふわふわした羽毛を重ねたような形だ。

珊瑚のように見えるポンペイピンクはころんとしていて、ブーケとしてはこちらを使うことが多い。そう派手ではないものの個性的な愛らしさがあるので、男性客にも好評だ。

どれにしようか。どの花で挑もうか。

スタンドの水が濁っていないか確かめているところへ、「叶」と聞き覚えのある声が届いた。

瞬時に顔を強ばらせて振り返れば、細身のスーツがよく似合う男が立っていた。ブラウンの瞳を細めて射貫いてくる男に思わず後ずさり、あたりを見回した。四葉をはじめとしたスタッフは皆、自分の仕事に勤しんでいる。

「望、どうしてここに……」

「あんたが電話に出ないからだろ。僕だって忙しいんだよ。こんなことでいちいち時間を割かせないでほしいな。この間の約束も破ったし」

クラシックな襟が目を惹く上質のスーツは深まる秋にふさわしいダークブラウンで、ネクタイはイエローマスタード、靴の爪先までぴかぴかだ。

いつ見ても隙のない男は血の繋がっていない二歳下の弟だ。

エプロン姿の叶がうろたえていることに、ふんと鼻を鳴らす望は腕を組み、睥睨してくる。

正面に立たれると、彼のほうがすこし高いのだ。

「相変わらずちまちました仕事で飽きないのかよ。ま、あんたは岡崎家を勝手に飛び出したんだし？　無視してもよかったんだけど、クリスマスイブに母さんの誕生日パーティを開くから、今度は絶対にあんたにも出てほしいんだよ。岡崎家の面子のためにね。邪魔なだけだって皆知ってるけど」

鋭い棘のような言葉がぐさりと胸を刺す。望は昔からそうだった。叶に対してまったく容赦がなかった。

望がいい顔を見せるのは、おば夫婦の前だけだ。引き取られてきたとき叶をちらっと見ただけで気に入らなかったらしい。そのときはまだ、叶が岡崎家を継ぐ、と決まっていたからだ。

長男である叶の存在が目障りだったのだろう。自分こそが岡崎家の正しい息子だと言わんばかりに望は礼儀正しく振る舞い、おばたちの前ではほんとうに愛らしく笑ってみせた。

学業は優秀でスポーツも万能、特技はピアノ、趣味は読書という完璧な息子に、おばたちはすぐさま虜になった。

叶だってもちろん精一杯頑張ったつもりだ。母の遠い親戚といえど、ひとりきりになった自分を引き取って育てようとしてくれたのだ。冷たくあしらわれても、最初こそは愛してもらおうと懸命になった。

だが、すべてにおいて望のほうが勝ち目があった。なにごともスマートにやり遂げ、褒められると、「もっと努力します」と謙遜(けんそん)してみせる。おば夫婦が選ぶ服も品よく着こなし、学校でも人気があった。無口な叶と違って。

どんなに望んでも、弟のようにはなれない。あんなふうに上品に振る舞えたらどんなにいいだろう。こっそり自室で二歳下の望のまねをしたことが何度かあったが、鏡の前ではぎこちなく笑うことしかできないし、なにより弟がまとう華やかさに欠けていた。

生まれ持った力が圧倒的に違うのだ。

おば夫婦が望を選んだ時点で、叶の無力な競争は終わりを告げた。

部屋に引きこもる叶が呼ばれるのは、おば夫婦のつき合いのあるひとびとの前に出るときだけ。岡崎家の長男、次男として直立し、写真を撮られることもあった。そのときだって、叶は頬(ほお)が引きつるような笑みしか浮かべなかった。こころから幸福そうに微笑む弟とは雲泥の差だ。

「とにかく、今度は絶対家に帰ってきなよ。母さんたちの大切な友人が集まるんだから、僕らがそろって出ないと格好がつかない」

強引な言葉にぐっと下くちびるを噛(か)み締めた。

確かに弟の言うとおり、勝手に家を飛び出したのはこっちだ。おばたちが押しつけてきた有名大学も断って、奨学金を受けて必死にバイトをこなし、自分なりの道を切り拓いてきたつもりだ。

「まったく、いやになるよ。あんたがもうすこし要領よく動いてたら、僕も力を抜けたのにね。あんたのせいで、岡崎家の希望は僕が一身に引き受けることになってるんだ。その重責がどんなものか、あんたに想像つく？」

意地悪くにやにやしている望は、叶を傷つけたいだけだ。そうだとわかっているのに――望が言うとおり、俺がおばさんたちに気に入られるように生きていたら、こんなことにはならなかったんじゃないか、とこころが重くなる。

母が憧れた花の道へ進んだけれど、岡崎夫婦への恩義だって忘れたわけではなかった。自由になりたい――しかし、おば夫婦の期待に応えられていたら、彼らもどんなに喜んだことか。

ひっそりと花を愛でるだけにしておいて、いい子の仮面をかぶることができていたなら、皆しあわせになったんじゃないだろうか。

それができなかったから落胆するのだし、罪悪感も覚えるのだ。

――引き取るんじゃなかったわね。最初から望だけにしておけばよかった。

家族四人だけの夕飯の場で、おばが食欲を失ったようにため息混じりに漏らしていた。爆弾のような言葉を投げつけられて愕然とする叶にかまわず、おじも、望も、和気藹々と料理を楽しんでいた。

——あなたを育てるのだってただじゃないのよ。まあ、幸いにもうちはお金に困ることがないし、あなたひとりくらいどうってこともないけれど。家のことは望に任せるわ。あなたは最低限のことをしなさい。私たちにこれ以上恥をかかせないでね。大学も、就職先も、私たちが決めるから。

言いたいだけ言ったら食欲も戻ったのだろう。おばは望たちと楽しげに話し、家政婦が腕を振るった料理を堪能していた。

あのとき、自分はどうしていたのだろう。衝撃のあまり、よく覚えていない。ただ、部屋に戻り、恋しい母と妹のところに行きたいと枕に顔を押しつけて嗚咽を堪えたはずだ。

あのまま無気力に生きていたら、おばたちのいいなりになっていただろう。だが、いまでも鮮やかに思い出せる母と妹の笑顔が、叶の背中を懸命に押してくれた。

自分の人生は自分で作る。

気力を振り絞って家を出てからは、無我夢中で突き進んできた。美術系の大学で色のセンスを磨き、同時にフラワーショップでバイトし、フラワー装飾技能士の国家資格に挑戦することもした。考え得る限りの努力を積み重ね、いまという時があるのだが、望と接していると、足下がぐらつく感覚に襲われる。

「まだすこし先の話だし、日が近くなったらあらためて連絡する。無視するなよ。それと、花束なんかいらないからね。こんな貧乏くさい店のブーケを持ってこられても母さんは喜ばない。全部僕がセッティングするから、あんたは家に来るだけでいい。父さん母さんの友人も大勢来るから、失礼のないように。わかった？」

一気にまくし立てられ、言葉につまっていると、望が一歩踏み込んできた。

「わかった？」

目の奥をのぞき込んで責め立てる声に、かすかに顎を引いた。

「……わかった」

幼い頃から植え付けられた卑屈な気持ちはそう簡単に消えるものではない。

彼らの言うとおりにしていれば——おとなしくしていれば、必要以上に傷つけられることはない。

——ほんとうに？　ほんとうにそうだろうか。俺は望たちの前できっと無様なまねを晒してしまう。期待どおりにはできない。そうしてまたそれを責められる。延々と。

ぎりぎりまで緊張すると、決まって失敗するのだ。家族だけに嗤われるならまだいい。だが、見知らぬひとびとの失笑を買ってしまったら。

完膚なきまでに打ちのめされ、うなだれた。

「じゃ、これで」

澄ました顔で去っていく望の背中を追うこともできず、ただうつむいていた。

どれくらいそうしていただろう。

「叶くん、どうしたの？　大丈夫？」

そっと声をかけてくれた四葉にのろのろと振り向き、大丈夫です、と答えようとしたが、くちびるがうまく動かない。

顔を引きつらせる叶に四葉は心配そうな面持ちで、「休憩入っていいよ」と言う。

「外の空気を吸っておいで。美味しい紅茶でも飲んできなよ」

「でも……仕事が」

「大丈夫、いまの時間はそんなに混まないから」

四葉はそこですこし考え込み、叶の肩をやさしく叩いてきた。

「叶くんはうちの大切なスタッフだよ。悲しそうな叶くんに無理矢理仕事させるほど、私も鬼じゃない。今日はいいお天気だし、気晴らししておいで」

「……わかりました」

四葉の声になんとか頷き、エプロンを外す。

「すみません。ちょっと出てきますね」

「なんかあったら電話して。早上がりもできるから」

「ありがとうございます」

トートバッグを提げ、店を出た。

顔馴染みの駅員に挨拶をして外へ繋がる階段を上がると、秋風が吹いていた。暮れなずむあかね色の空にはうろこ雲が浮かんでいる。

なにも考えられず、自然と足は生嶌の店へと向かっていた。

予約もしないでサロンに入ったら、生嶌も驚くかもしれない。だが、いまは彼の声が無性に聞きたかった。

店の扉をノックすると、「はい」と声が聞こえ、生嶌が笑顔で出迎えてくれたが、すぐに真剣な表情に変わった。

「叶、どうしたの？」

「あの……」

とまどう叶の胸中を察したらしい生嶌が大きく扉を開き、「入って」と囁いた。

「……お客さん、いらっしゃるんじゃないですか」

「今日はもう店じまい。おいで、叶。こんなに冷たい手をしているきみを放っておけない」

気遣う生嶌の前で喉が引きつる。ここで思いきり泣ければよかったのだが、以前一度、彼には無様なまねを晒している。

ぐっと涙を堪えて店に入ると、生嶌にふわりと抱き締められた。

「なにがあったの。僕に全部話してごらん」

広い胸に顔を押しつけ、頭を横に振る。

「ここではだめ？　じゃあ、僕の部屋に帰ろう。そこで話を聞かせて」

こくんと頷いた。

生嶌が手早く店じまいをする間、四葉に電話をかけ、申し訳ないが早上がりをさせてほしいと伝えると、「わかった。気をつけて帰ってね」と返ってくる。

帰る場所はどこにあるのだろう。

八

「ここに座って。ハーブティーを淹れるよ。苦手な香りはある？」

「ありません」

「なら、カモミールティーにしよう。気分が落ち着く」

生嶌の部屋は相変わらず綺麗だ。パーカを脱いでふかふかのソファに腰を下ろし、ぼんやりとしていた。今日はカーテンも窓もきちんと閉まっていて、遊園地からの歓声は届いてこない。すぐにいい香りのハーブティーで満たされたカップを渡された。

「熱いから気をつけて」

隣に腰を下ろす生嶌がふうふうとカップを冷ます様子にいくらかこころがほぐれ、叶も同じようにした。

「今日、店に弟が来たんです」

「望くん、だっけ」

名前を覚えていた生嶌に浅く顎を引く。

ぽつりぽつりと望から投げつけられた言葉を打ち明けていくたび、胸の奥がずきずきと痛む。それがわかるかのように、生嶌が肩を寄せてきた。

話し終えるのと同時にカップの底が空になる。

「僕のことを思い出してくれてありがとう、叶。きみにとってはつらい仕打ちだったね。いままでずっとひとりで我慢して、頑張ってきたんだ。僕の前では無理しなくていい」

やさしい言葉が染み入る。だが、フローリストの仕事をけなされたのもつらかった。

子どもっぽいなと自戒しつつも口にすると、ちょんと頬を指でつつかれた。

「お母さんの遺志を継いだからと言ってたよね。でも、まったく興味がなかったらもっと早くに違う道を歩んでいたと思う。叶がこころから花を愛していることは僕にも伝わってくるし、自分が好きな仕事に就くというのはほんとうに素敵なことなんだよ。もちろんしあわせなことばかりじゃないけど、いやいややるよりも、好きなことにのめり込めるほうがずっといい」

「生嶌さんも、ネイリストの仕事は好きですか」

「大好きだよ」

顔をほころばせる生嶌にどきりとしてしまう。

「もともと、美容関係には興味があったしね。美容師もいいなと思ったけど、ネイリストのほうが挑戦しがいがあったから。細かい作業が好きなんだ。いまでは天職だと思う。叶だってそうだよ。きみが扱うからこそ、どの花も輝くんだ」

親身に寄り添ってくれる生嶌を見つめた。

「――どうして……生嶌さんはそんなにやさしくしてくれるんですか？　どうして俺の話を聞いてくれるんですか？」

他人事だから。

暇だから。

もしそう言われていたら、心臓が破裂するだろう。

生嶌がカップを取り上げ、危ういほどに顔を近づけてきた。

「きみが大切だからだよ」

「俺とあなたは出会ってそう日も経っていませんよね。同情、してるだけですか？」

いやな言い方をしている自覚はある。

だが、芽生えた恋ごころを無視することもできない。ここから先に進むには、生嶌の気持ちを確認しておきたかった。

「俺が情けない男で、年下で、かわいそうだから部屋に入れてくれたんですか。確かに俺は弱くて、年齢にそぐわず幼いと思います。そこはなんとか克服したい。過去のことも、望のことも、どうにかして解決したい。そういう話を聞いて、生嶌さんはどう思っているんですか。普通の大人はもっと自立しているよってひそかに優越感に浸っているとか――」

「叶」

あふれ出す想いが止められない叶を遮り、生嶌がくちびるを重ねてきた。

しっとりとしたくちびるを押しつけられ、頭が真っ白になる。

これは同情なのか。それとも。

声を出そうとした叶の肩を摑んだ生嶌が覆い被さり、顎を指で押し上げてくる。自然と口を開く叶の中に熱い舌がすべり込んでくる。

「……っ……」

無意識に彼から逃れようとして身をよじったが、生嶌はますます強く舌を搦め捕ってきた。濡れた舌をうずうずと擦り合わせて吸い上げ、次第に汗ばんでいく叶の髪をやさしく撫でる。

じわりと身体の奥から甘い疼きがこみ上げてきて、意識がぼやけていく。

生まれて初めての本気のキスに振り回されてしまう。

艶めかしく吸い上げられることで感じる熱っぽさこそ快感なのだと思い至り、怖くなった。

「……だめ、です、だめ」

弱々しく抗い、生嶌の胸を両手で押し返すと、「いや？」と耳元で囁かれた。

「僕とキスをするのはいや？」

「……いや、じゃなくて……」

なんと言えばいいのだろう。どう伝えればわかってもらえるのだろう。

懸命に言葉を探すが、どれひとつしっくり来るものはなくて、つたない言葉を絞り出した。

「キスは……いやじゃない。でも、怖い」

「どうして怖いの」

　そう言う間も生嶌が髪をまさぐってきて、目尻から頬にかけてつうっと指先でなぞっていく。爪の硬い感触にぞくりと身体を震わせ、声が掠れる。

「……いいから……なんか、気持ち、いいから、怖い、です。あなたにとってはただのキスかもしれないけど、俺はなにも知らなくて、だめになる。こんなキスをされたらどうにかなってしまう」

「そういうふうにキスしてるんだよ」

「だけど」

　生嶌が好きだから、もっと触れてほしいと思うのは事実だ。しかし、彼のほうも同じ気持ちなのかどうかはわからない。ただ場の流れに任せてしまうのが怖かった。

　互いに大人なのだから、つまらない言葉は口にせず、手っ取り早い快感で空虚な身体とこころを埋めてしまえばいい。

　そう思うこころもあるけれど、自分にとってはこれが初めての恋だ。単なる暇つぶしで肌を触れ合わせるのは怖かった。一度でも彼の熱い素肌を知ったら、どこまでも追いかけたくなるはずだ。

「こういうの、慣れてません。勢いでキスとかしたことない。あなたも俺も男なのに」

「僕自身をどう思う？　きみにとって僕は単なるネイリスト？　話しやすいだけの年上の男かな？　どうして僕のところに何度も来るの」

「それは」

「叶が思う以上に、僕はきみが好きだ」

まっすぐな言葉が胸を撃ち抜く。

「嘘だ。からかうのはやめてください」

すぐには飲み込めず、非難がましい声になるのが自分でも情けない。あらゆる意味で、自分には経験値が足りていないのだ。こんなもどかしさを、生嶌はとうに卒業しているだろう。だからすらっと「好きだ」なんて言えるのだ。

「きみが」と言って、生嶌が指先を摑んでくる。

「うちのサロンに来てくれたとき、まだ手が荒れていたね。あのかさついた指に強く惹きつけられた。僕自身、指先を意識する仕事だからセルフケアはしょっちゅうするけど、僕以上にきみの手は仕事に熱中していたことがわかった。そんなふうに情熱を傾けて仕事に挑むひととはめったに出会えるものじゃない。きみの指を手入れするたびに、きみ自身を知りたくなった。そしていまはもっともっと知りたいと思っている。熱を分かち合えたら嬉しいと思っている」

生嶌の言葉は誠実だ。

ただ、あとひとつだけ。

「……俺ばかり、話してますよね。過去のこと、家族のこと。でも、俺はあなたがどんなひとか、知っているようでわからないこともたくさんある」

「なにが知りたい？」

なぞなぞを仕掛けてくるような男から目が離せない。

「ネイリストになったきっかけは教えてもらいました。きらきらしたものが好きなんですよね。それ以外のこと——生嶌さんがどんな家庭で育ってきたか、恋人は何人いたとか……」

口にすればするほど幼すぎて恥ずかしくなる。

こんなことをいちいち言葉にしなければ、恋は始められないものなのか。

一から十まで相手のことを知らないと気がすまない——そんなふうには思わない。男性ネイリストとして出会った生嶌の過去も未来も知り尽くさないとキスはできない、というのではない。

年上の男のやさしさがどこから来ているものなのか、それが知りたかった。

生まれつきかもしれない。

やはり同情を寄せているのかもしれない。

わからないことばかりだ。

「僕はこれまで、三人とつき合ってきた。相手は同性だ。だからきみにも興味を抱いたと思われたら違う。……きみには、僕と重なるところがある」

「どこ？　どんなところ？」

聞き返したものの、静かな視線を受けて口をつぐんだ。

「あがいていた頃の僕ときみはよく似ているんだ。きみを好きになることで、ひょっとして過去の自分を鼓舞したいだけかもしれないと考えたが、違う。きみにはきみなりの道がある。才能がある。そのことはホテルに飾られた花でよくわかった。そして、これから迎えるテレビ出演もね。純粋に応援したいと思ったし、同時に僕だけのものにしたいとも思う。自分でもめちゃくちゃだなと笑えるが、正直な気持ちだ」

「あなただけの、もの……」

「そう。僕だけのきみ」

生嶌の言葉は心地好い呪縛だ。

「——叶のように正直に言葉を紡ぎたいけれど、そうするには僕はいささか年を重ねていて、みっともないと軽蔑されるのが怖いんだ」

「そんなの、そんなふうには思わないのに」

「僕が考えすぎなんだろうね。いつかは話したい。まっさらなこころを明かしてくれたきみのように、僕のことも知ってほしい」

切願が入り交じる声に、魔法にかかったような気分だ。

ふわふわとしたやわらかな想いに包まれ、一度は突き放した胸におそるおそる手をすべらせた。

あがいていた頃の生嶌がどんなものだったのか、根掘り葉掘り問いただすこともできるだろうが、温かい目の奥でかすかな痛みを堪えている彼を見たら抑えきれなかった。

「……生嶌さん」

胸に飛び込んだ叶に一瞬驚いたらしい生嶌が、ぎゅっとかき抱いてきた。くしゃくしゃと髪をかき回す指に深い想いを感じる。

――俺のことを話したから、あなたのことも話して、いますぐに。

そうではないのだ。話を持ちかけたのは叶で、最初は聞いてくれるだけでもありがたかった。そうするうちにどんどん欲が出て、彼のこころの奥底まで入りたくなった。

どんなきっかけであれ、生嶌はできる限りのことをしてくれる。それはほんとうだ。涙したときも、今日も、叶を嘲ることなく真正面から受け止め、抱擁してくれた。

いまはそれだけで充分だ。

彼とこころを重ねていくうちに、秘密の扉はそっと開くはずだ。

「……さっきの、続きがしたい」

「叶」

「キスの先がしたい」

「きみはいいの？　僕はきみを愛したい」

「教えてください、全部」

すこしずつ飢えるような欲望がふくらんできて、声が掠れる。

逞しい胸にあてた指先がぴりぴりと熱い。

なにも知らないくせに、欲情するなんて。

羞恥にうつむく叶の顎を摑んだ生嶌が再びくちびるを重ねてくる。今度はもっと強く、はっきりと。

生嶌もほしがっているのだとわかると、心臓が飛び跳ねるほど嬉しい。甘くくちびるをついばみ、可愛らしい音に生嶌が微笑んでさらにのしかかってきた。胸をぴたりと合わせる格好に、頬が熱くなる。

駆ける鼓動がばれてしまう。これからなにが始まるのか想像してみても、経験がないだけに追いつかない。

「僕がどきどきしてるの、わかる？」

「……うん。……俺もばれてます？」

「お互いにどきどきしてる。ほんとうになにも知らない？」

「知りません。恋愛とかしてる時間なかったし……家を出たあとは花の仕事のことで頭がいっぱいだったし」

「きみに見とれるお客さんも多いだろうに、僕に捕まってしまって」

こめかみにキスを落としてくる生嶌が胸のあたりを探り、Ｔシャツの裾をまくり上げた。ひんやりした空気が肌に触れ、続いて長い指がジーンズのジッパーを押し下げる。

「ここ、触ってもいい？」

「……はい」

安心させるように確かめてくれているのだろうが、無性に恥ずかしい。

大きな手のひらが被さる場所がひどく熱い。ゆっくりと円を描くように動く手が未知の快感を引き出していく。

「……ぁ、っ……」

とろとろと煮詰めた蜜が身体の奥底からこぼれ落ちてくる。

「いやだったら言って。怖いことも絶対にしない」

「ん、ん……っ……」

じっくりと昂らせていく指先がもどかしい。下着越しにむくりと硬くなるそこを愛撫されて、だんだん息が浅くなっていく。

無意識に腰をくねらせれば、後を追ってくるように生嶌の指がボクサーパンツの縁を押し下げ、跳ね出た肉茎をしっかりと握り締める。

「あぁっ……あ……っ」

びくっと身体が波打つ。初めて他人に触れられることにはひと匙の迷いがあったが、相手は生嶌だ。きっと大切にしてくれる、と胸の裡で呟いた瞬間、指がばらばらに動き始めた。

生嶌の手――彼の大事な手。叶に新しい色を与えてくれた手。その手によって高められていくことに心臓がうるさい。

「あ、っ、あ、ッん、んんっ、う……っ」

ぴんと張り詰めた皮膚をなめらかに扱かれ、自分でも聞いたことのない甘ったるい声が次々に漏れ出る。思わず両手で口をふさぐと、「だめ」と生嶌が目端で笑う。

「きみの声を聞かせて、手はこっち。僕にしがみついて」

「ん、ン、でも、っぁ、こんなの……っこんなの……」

「ぜんぜんだめ?」

「っ、だめ、じゃ……」

「やっぱりだめ?」

やさしい声音とともに、そこを意地悪く擦らないでほしい。じわじわと身体と意識を快楽が蝕んでいき、理性が端から崩れ落ちていく。答えられない叶の前髪をかき上げ、生嶌がのぞき込んできた。

「やめる?」

「……や、だ、……っやめ、ないで……」

ふくらみ続ける快感がいまにも弾けそうだ。

「わかった」

頷く生嶌が先走りを頼りに、ぬるっと扱き上げてくる。ざわりと全身がおののくほどの心地好さに身悶え、何度も胸を反らした。

「あ、あ、っ、それ……あぁ……っ」

根元からくびれに向けてぬちゅりと扱かれ、きゅっと締めつけられるとひとつのことしか考えられなくなる。彼の背中にしがみつき、繰り返し喘いだ。

「だめ、だめ、生嶌さん、俺、もう……っ」

「大丈夫、いって」

「んんー……っ！」

巧みな指遣いに耐えられず、どっと放った。

吹きこぼれる白濁は想像以上に多く、生嶌の手を濡らしてしまう。手首まで垂れ落ちるしずくをぺろりと舐め取る生嶌と視線が合い、羞恥で息ができない。

「舐めるなんて……そんなの、舐めるの、……だめです」

「だめじゃないよ。きみが僕の手で気持ちよくなってくれた証拠だ」

そう言って笑う生嶌はいつになく艶やかで、凄まじい色香を放つ。彼に見とれ、惚れ込んだひとは星の数ほどいるだろう。だけどいまは、叶だけのものだ。

まだ息が整わない叶と視線を絡めながら、生嶌はそっと身体をずらす。

硬いままの肉竿が綺麗なくちびるの中へと飲み込まれていくのを、信じられない思いで見つめた。達したばかりなのに、まさか口でも愛されるなんて。

「だ、め」

衝撃と快感の余韻が手伝って、抵抗するのが遅れた。途端に全身が蕩けるほどの甘い愉悦が襲いかかってきて、ああ、と背中を反らした。

昂った性器をちゅくちゅくと舐られ、舌を巻きつけられて啜り込まれる快感の切れ端さえも、叶はいままでひとつも知らなかった。

「あぁ……っぁ……だめ……だめだってば……」

「可愛い、叶の声。ここも、すごく」

頬張りながら生嶌が淡い下生えを探り、蜜が詰まった双玉を指でつついてくる。

「いっぱいだ」

「んうっ、ぁ、ぁ、っ」

生嶌が触れてくるどこもかしこも溶けてしまう。

艶のある髪を掴んだ。すぐに次の絶頂が来そうだ。その前になんとか生嶌を引き剝がしたいのだが、手に力が入らない。理性よりも快感が勝っていて、生嶌の愛撫を待ち焦がれてしまう。

次はどんなふうに指が動くのか。

どんなふうに舐められるのか。

足りない知識をつぎはぎするよりも先に、生嶌がじゅうっときつく吸い上げてくる。

「ん、ン、ッ、あ、あ――だめ、だめ、お願い、も……また……！」

髪を振り乱す叶の深い場所で舌をくねらせる生嶌が絶頂をそそのかすように、双玉を包み込んで転がす。

好きな男のくちびるを汚したくない。そんなことはしなくていい。

だけど、やめてほしいとも言えなかった。

暴走した快感の手綱を握るのは生嶌だけだ。

狂おしい刺激に我慢できず、もう一度身体を大きく震わせた。

「あぁ……ッ！」

どくどくと奥底からこみ上げる欲望の証を生嶌がごくりと飲み干す。

「は――……あ……っ……あ……っ」

立て続けに絶頂に導かれ、過ぎた悦楽に涙が滲む。

叶のそこを舐め尽くした生嶌が満ち足りた表情で、頬にくちづけてきた。

「どうだった？」

「……おかしくなる、こんなの……」

潤んだ視界に年上の男を映し、繰り返し息を吸い込んだ。

「口でするとかって……あんなの……あんなのされたら……」

「だめになる？　僕のことばかり考えるようになる？」

胸中を言い当てられ、涙目ながらにむっとくちびるを引き結んだ。

自分でもはっきりとわかるほどの露骨な表情は、だが、生嶌をほっとさせたようだ。

「そういう顔も見たかった。叶はもっと笑えるし、もっと怒ってもいいし、泣いてもいい」

昔から感情をあらわにするのが下手だった。

喜んでも、悲しんでも、おば夫婦は無関心だったからだ。記憶を遡る限り、本気で泣いたり怒ったり笑ったりしたのは、実の母と妹が生きていた頃だ。

それがいま、自然と振る舞える。こころからあふれ出す感情を顔に出しても、生嶌はいやがらない。たぶん、どんな顔をしても、彼は一緒に寄り添ってくれるだろう。

「きみを支えたいんだ。どんなに些細なことでも、きみ自身がつまらないと思うようなことでも僕は知りたいし、大切にしたい」

教えて、と年上の男に甘く請われて、むげにするほど悪辣にはできていない。

「……どうして……？」

どうしてそこまで求めてくれるのか。

しばらくの沈黙のあと空気を変えるように、生嶌が深く微笑んだ。

「きみと一緒に変わりたいんだ」

九

「こんにちは、松本さん。お待たせしました」

「待ってたわ、お疲れさま」

数日雨が続いたが、松本と約束した日はすっきりと晴れ上がった。

指定された都心のテレビ局に赴いた叶と生嶌は受付でもらったゲストパスを首から提げ、ちいさなスタジオに入った。

ベージュのパンツスーツを身にまとった松本が、叶と生嶌に笑顔を向ける。

「こちらが生嶌一哉さんです。テレビ出演が初めてだという僕の助手をしてくれるということで同行していただきました。普段はネイリストさんです」

「だから華やかなのね。ネイリストさんなら色彩感覚もすぐれているでしょう。ぜひ、岡崎さんを支えてあげて」

「裏方に徹します」

にこやかに言う生嶌はグリーンとレッドのチェックシャツにジーンズを合わせている。

叶はテレビ映りも考えて、ネイビーのシャツにした。上からブラウンのエプロンを身に着ける予定だ。

「紹介するわ。ディレクターの芦野（あしの）さん」

「はじめまして。芦野と申します。銀座のホテルの花、ほんとうに素晴らしいものでした。ひと目見て、これはテレビ映えするなと思って、松本さんから岡崎さんのお名前を伺ったんですよ。十五分ほどの枠で、お昼のバラエティ番組に挟む予定です」

芦野は三十代前半とおぼしき男性だ。テレビ局の人間らしくパーカにジーンズというラフなスタイルで、柔和な笑みを浮かべている。

テレビ局に属している者だから、もっと強面（こわもて）で押しの強いひとが出てくるんじゃないだろうかと内心たじろいでいたのだが、いいほうに期待が裏切られた。芦野がカメラマンをはじめ数人のスタッフを紹介してくれる。思っていたよりもこぢんまりとしたチームで撮影するらしいというのもよかった。

普段テレビは観ないのだが、もっと大勢のスタッフに囲まれる気がしていたからだ。

「こちらが司会進行役の倉橋（くらはし）さん」

「はじめまして。岡崎さんの花は私も拝見しています。とても華やかで見とれてしまいました。記念に写真も撮ったんですよ」

親しみやすそうな二十代の倉橋がにこにこと笑う。薄いブラウンのワンピース姿で、やはり花が引き立つことを想定してのスタイリングだろう。

「岡崎さんにはヘアメイクをしてもらって、その後リハと行きましょう。事前に伺っていた花も用意してあります」

「ありがとうございます」

芦野の指示で女性スタイリストに簡単に髪と顔を整えてもらい、いよいよリハだ。

背景はオフホワイト。花の色を前面に出すためだ。横長のテーブルには花瓶と水を張ったスタンドがセッティングされていた。はさみは使い慣れたものを持参してきたので大丈夫なはずだ。前もって渡された台本も表紙がめくれるほど読み込んできた。

にわかに緊張感が高まってくる。少人数での撮影といっても、全国に放映されるのだ。

リハの段階で顔が強ばっているのがわかったのだろう。隣に立つ生嶌が、「大丈夫。ここで見守ってる」と背中をぽんと叩いてきた。温かい手に勇気をもらい、「行ってきます」とテーブルに向かう。

所定の位置につく。まばゆいライトが当たる。正面の暗がりには芦野や松本、そして生嶌が立っていた。

「じゃ、いきまーす。3、2……」

キューの合図で、倉橋がカメラに向かって一礼する。慌てて叶もそれにならった。

「今日は最近話題のフローリスト、岡崎叶さんにお越しいただきました。岡崎さん、普段は神保町駅構内のフラワーショップ『貴宮』でお仕事されているんですよね」

「はい。たくさんのお客様にお越しいただいております」

喉がからからだが、なんとかつっかえずにすんだ。

そこから先は台本どおりに進み、用意された花をブーケにしていく。この番組の主旨は、誰でも挑戦できるブーケ作り、というものだ。フラワーショップでブーケにしてもらうのが手っ取り早いが、自分でやってみたいというひともいるだろう。この時期、手に入りやすいコスモスをメインにして、どうまとめれば形よく整えることができるか、倉橋とともに話しながら手際よく作業を進めた。

もっとぎこちなくなるかと危ぶんでいたが、倉橋が明るい声で誘導してくれることでスムーズに進む。それに、なんといっても生嶌が見守ってくれているのだ。

「これなら私にもできそうです。フラワーショップで数本のお花を買って、家でまとめて花瓶に挿せば、特別感が増しそうですね」

「ええ。水の交換に気をつければ結構保ちます」

「季節によっていろいろなお花を選ぶのが楽しくなりそうですね。今日はありがとうございました」

「こちらこそ、ありがとうございます」

和やかなうちにリハが終了し、「お疲れさまです！」と芦野が声を上げる。

「いい感じですね。三十分ほど休憩したら、本番入りましょう」

「わかりました」

ほっと息をつき、生嶌のもとへと小走りに近づいた。

「どうでした？　俺、変なところありませんでした？」

「想像以上に素敵だった。倉橋さんとのやり取りも自然だったし、花もいきいきしていたよ」

「よかった……」

自分の映りよりも、花のほうが大事だ。

映像をチェックしているスタッフたちから離れた場所に、飲み物や軽食が用意されている。

松本に誘われ、生嶌とともにパイプ椅子に腰かけた。

冷たいりんごジュースを紙コップに注いでもらい、クッキーをつまむ。

よほど緊張していたのだろう。糖分にゆるゆるとこころがほぐれていく。

「いい感じだったわね。この調子で本番も頑張って」

「はい」

「ところでおふたりはどこで知り合ったの？」

松本の問いかけに一瞬言葉につまったが、「あの、これです」と指先を彼女に見せた。

「俺のネイルを手がけてくださったんです」

「ああ、なるほど。岡崎さんがよく通っているサロンのネイリストさんだったのね。最近、いつも綺麗にしていて、私も素敵だなと思っていたの」

松本の言葉に照れていると、隣の生嶌が頷く。

「岡崎さんはもともと素晴らしい方で、僕はほんのお手伝いをしただけです。水仕事だとどうしても爪や指が荒れますし。松本さんのネイルも綺麗ですね。どこのサロンで施術なさっているんですか」

「麻布にあるお店。もう十年近く同じ方にお願いしてるの」

「腕が確かなネイリストなんですね」

ふたりが話に花を咲かせている横で、叶はひとり頬を熱くしていた。

——もともと素晴らしい方。

以前なら単なるリップサービスだと思っていただろうが、彼に抱かれたいまでは違う。最後の一線は越えていないけれど、危ういところまで触れられた。

あれがたった一度で終わるわけではないはずだ。たぶん、次もある。その次も。

だって、好きだと言われた。

あの言葉はまやかしじゃない。

そして、こうも言われた。

『きみと一緒に変わりたいんだ』

ちらりと生嶌の横顔を盗み見た。

完璧な男が変わりたいという理由はなんなのだろう。いまだって充分ひとを惹きつけるのに。

あれこれと物思いに耽りたいが、あっという間に休憩は終わった。

「岡崎さーん、本番入ります」

芦野の声に、「はい！」と声を上擦らせて立ち上がった。

「リラックスして、叶。無事に終わったら美味しいごはんを食べに行こう」

「うん」

小声でやり取りし、叶はセットへと歩いていく。

まばゆいライトに照らされる中で深呼吸する。先ほどのリハどおりにやれば大丈夫だ。

「本番行きます！　3、2……」

カメラに——その背後にいる生嶌に向かって微笑んだ。

十

「すみません、この花をメインに三千円ぐらいでブーケを作ってもらえますか？」

「かしこまりました。贈り物ですか」

「ええ、妻の誕生日なんです」

照れくさそうに鼻の頭をかく男性客に、叶は頷き、ダリアを中心としたブーケを作る。

「あのー、こっちもいいですか。快癒祝いのブーケを作ってほしいんですけど」

「ただいま伺います！」

四葉が笑顔で対応に向かう。

晩秋を迎えた十一月半ば、フラワーショップ『貴宮』は開店と同時にてんてこ舞いだった。

閉店間近、四葉が「はあ、つっかれた」と花のすくなくなったスタンドを店内に運び入れる。

言葉とは裏腹に、その声は浮き立っている。

「今日も大繁盛だったね。岡崎くんのおかげだよ」

「いえ、そんなことは」

「テレビ放映から一週間過ぎたけど、日に日にお客さんが増えてってる。売り上げも先月の三倍だよ？　今日の昼間、『貴宮』オーナーから電話がかかってきて、お褒めの言葉をいただいちゃった。今冬のボーナス期待していてねって。もう、岡崎様々だよ」

　出演前は『貴宮』の広告塔にされるのではないかと懸念していたが、蓋(ふた)を開けてみると叶ひとりにスポットライトが当たるのではなく、『貴宮』そのものの名が知られたようで、ここ神保町店だけではなく、ほかの店舗も賑(にぎ)わっていると聞く。

「四葉さんや皆が励ましてくれたおかげです」

「ふふ、店長冥利(みょうり)に尽きるね。今夜は皆で呑みに行っちゃう？」

　どうしようかなと考えているところへ、「こんばんは」と聞き覚えのある声が届いた。ぱっと振り向けば、生嶌(いくしま)だ。

「……生嶌さん！」

「お疲れさま。今日はサロンを早じまいしたから、寄ってみたんだ。もしよければ、このあとごはんでも一緒にどう？」

「もちろんです」

　即座に頷いてから、あ、と気づく。四葉に誘われたばかりなのに。

　だが、やり取りは彼女の耳にも届いていたようだ。

「もしかしてお知り合い？　こっちはまた後日で大丈夫だから、ごはん行っておいでよ」

「でも、あの」

焦る叶(かなえ)に、生嶌がすかさず言葉を挟んだ。

「お邪魔してしまってすみません。岡崎さんをお借りする代わりと言ってはなんですが、ブーケを作っていただけませんか。五千円くらいで」

「生嶌さん、いいんですか？」

「一度お願いしてみたかったんだ。このブラウンの薔薇をメインに作ってもらえるかな」

「ぜひぜひ。ね、岡崎くん、豪華なブーケをお願い」

機嫌よさそうな四葉に苦笑し、「はい」と頷く。

「部屋に飾りたいんだ。テーブルに花瓶を置くよ」

「薔薇以外にご希望はありますか？」

「きみに任せる」

「頑張ります」

しっとりとした花弁の薔薇を中心に、シックなブーケを作っていく。

「テレビ出演、大成功だったね。お昼頃に一度様子を見に来たんだけど、大混雑だった」

「ありがたいことに、番組見てくださった方が多かったようです」

「叶にブーケを作ってほしいというひともたくさんいるだろう。なんか、嫉妬(しっと)しちゃうな」

笑い混じりだが、その声の底には本物の気持ちがこもっていて、花を取り落としそうになる。

「ずっときみのそばにいたいよ。どんなに素敵で格好いいお客さんが来ても、叶は僕のものだって言いたい」

「……もう。ブーケがとっちらかります」

「本気だよ。お互いにもっと深いところまで知っていくんだ。叶を色づかせたい。この薔薇のように」

意味深に囁いてくる男を横目で睨(にら)みながら、薄紙で花を包んでくるりとリボンを巻き、なんとかブーケを作り終えた。

「はい、どうぞ。五千円ちょうだいします」

ぶっきらぼうに振る舞おうとしても、頬に赤みが差しているだろうことは自分でもわかる。

くすっとちいさく笑う生嶌がブーケを受け取り、「じゃあ、そこらへんで待ってるよ」と去っていった。


「んじゃや、お店閉めちゃおう」

四葉の声にモップをかけ、スタンドを店内にしまう。シャッターを閉めれば、今日の業務は終了だ。

「じゃあね、岡崎くんお疲れさま！」

「お疲れさまでした。また明日」

手を振る四葉たちに頭を下げ、すこし離れたところで待っている男の元へと走った。

「すみません、お待たせして」

「気にしないで。きみが働いているところを見たかったから。なに食べる？　チャイニーズでもフレンチでも和食でも」

「んー……今日は寒いから……鍋とかどうですか？」

「いいね。六本木に美味しい水炊きの店があるんだ。そこに行こう」

週半ばの夜でも、六本木は大勢のひとで賑わっていた。

生嶌が連れていってくれたのは、飯倉片町寄りにある雑居ビルだ。ゆるやかな坂道を上っていくにつれ、ひとがすくなくなる。

シングルのロングコートをはためかせる生嶌が、なんでもない顔で叶の手を摑んできた。

「ちょっと、あの」

「寒いし。このほうが温かい」

「……そうだけど」

うつむきながらも、振りほどけない。大きな手は温かく、しっかりと指を絡め合わせてくる。

指の谷間まで深く組み合わせられることに、叶も身体を擦り寄せた。

ゆったりした歩みでも、生嶌はストライドが大きい。それに合わせようとすると、生嶌が気づき、さらにゆっくりと歩いてくれる。

「見て、叶。あれも僕の大好きなもののひとつなんだ」

指さすほうには、真っ赤に輝く東京タワーがそびえ立っていた。都内に住んでいるのに、そういえばこんなに間近で見たことはない。

「迫力ありますね」

「だよね。よかったら展望台に上ってみる？　絶品の夜景が見られる」

「行きたいです」

煌めく東京タワーの足下でチケットを買い、展望台行きのエレベーターに乗る。

ダウンライトで照らされるフロアに降り立ち、生嶌に引っ張られるまま、人気のすくないコーナーへと向かう。

「ここが一番のお気に入りなんだ」

「うわ……すごい……！」

見下ろせば、無数のビルの窓が明るく灯り、多くの車が行き交う通りはまるでどこまでも伸びゆく金色のリボンのようだ。空には白い月が浮かんでいる。星は見えないけれど、この美しい夜景だけでも充分だ。

「綺麗だ……」

窓に額を押しつけて夜景に見入る叶の頭上から、「たまに」とやわらかな声が降ってくる。

「行き詰まったときにひとりでここに来るんだ。こんなにも多くの窓の向こうには、僕の知らない誰かの営みがある。そこにはしあわせなひともいれば、悲しんでいるひともいるだろう。その声はここまで届いてこないけれど、惑う僕のようなひともきっといるだろう。そう思うと、すこし慰められるんだよ」

つねにしっかりし、包容力のある生嶌にしては意外なもろさを感じさせる言葉だ。

「生嶌さんが惑うことってなんですか」

いつもならなにかしら答えてくれる男が、今日に限っては口を閉ざしている。

窓ガラスの向こう、遠くに見えるビルの輪郭を指でなぞる生嶌がぽつりと呟いた。

「まるで地上の星だね。この景色をまるごとあげるともしも神様に言われたとしたら、きみはどうする？」

「まるごとですか。……嬉しいけど、こんなにたくさんはいらないかな。ひとつでいいです」

「僕も同じだ。こころの中で一番強く輝いているものがあれば――それだけでしあわせだろうね」

「生嶌さんだったらなんでも手に入りそうなのに」

「それが、そうでもないんだ」

苦笑する生嶌がすこしうつむき、窓ガラスにこつんと額を押し当てる。

「あの明かりの中に住むひとびとには、それぞれ過去がある。家族もきっといるはずだ。叶、きみにも」

「俺のいまの家族は……あまりしあわせじゃないですけど」

「すまない、……そうだね。でも叶をこころから愛してくれたお母さんと妹さんがいただろう。お母さんたちがきみをこよなく大切にしたからこそ、叶は深刻な状況に遭遇してもぎりぎりで踏みとどまる。それがきみを支える芯で、強さだ」

とりとめのない言葉の真意を摑もうとしたが、難しい。

なにが言いたいのだろう。

率直に訊ねようとしたが、ダウンライトに縁取られた生嶌の横顔に憂いを感じて、叶も窓の向こうに目を転じた。

「――いまでもたまに、母と妹の夢を見ます。慎ましくても楽しく食卓を囲んだり、布団を並べて川の字で眠ったり。妹が母の手を握りたがったから、母は真ん中。俺はなんとなく照れくさかったけど、母のほうから手を握ってくれると安心して眠れました。俺たちが寝入ったのを見計らって、母は静かに布団を抜け出してスナックの仕事に行ってました。布団の真ん中が空くと、寝ぼけていてもつい手を伸ばして温もりを探しちゃうんですよね。妹がころころ転がってきて、俺にしがみついて……あの頃はほんとうによかったな」

「戻れるものなら戻りたい？」

「叶うなら。でも、そうなったら、生嶌さんとは出会っていなかったかもしれませんね。これが俺に与えられた日々だと思う。母と妹のことは絶対に忘れないけど……いまは、生嶌さんがいるから」

「こんな僕でもすこしは役立ってる？」

「当たり前じゃないですか。俺の情けない顔を全部知ってるのは生嶌さんだけです。俺、おばさんや望の前では一度も泣いたことがなかった。泣いても、彼らは嗤うだけだから。生嶌さんは違います。俺を受け止めてくれた」

「うん。きみの指を摑んだときから、叶は特別な存在だよ」

生嶌は振り向かない。輝く夜の中に、なにかを探しているような目つきだ。

言い知れぬはかなさを感じて、叶は彼の腕におずおずと手を絡めた。

「なにか不安なことがありますか」

「僕は——きみに出会って、欲深になったみたいだ。この先ずっと胸の中にしまっておこうと思っていたものを、叶に見せたくなっている」

「どんなことでも構いません。俺を信じてください」

熱心に言ったのだが、曖昧な笑みが返ってきただけだ。

「もうすこし。もうすこしだけ時間がほしい。僕のつまらないプライドが粉々になるまで」

「生嶌さん……」

これ以上踏み込むことはできない。そう悟り、叶は彼の肩に頭をこつんともたせかけた。

生嶌もなにも言わず、頭を傾けてくる。

ぴたりと重なる部分から、生嶌の本音が伝わってくるといいのに。

十一

慌ただしい日々を過ごす中、だんだんと望との約束が迫ってきていることがこころにのしかかる。いっそ、今回も無視してしまおうか。徹底的にだんまりを決め込めば、望もさすがに諦めるかもしれない。店に来られたとしても、今度こそ気をしっかり持ってうまくかわせばいいのだし。

そもそも自分がいなくても、おばの誕生日パーティは開催されるだろう。

毎日が忙しくてよかった。接客商売だと、益体もないことを考える暇もない。

東京タワーで美しい夜景を見てから一週間ほど経っていた。その間も生嶌のサロンに足を運んだが、あの夜の憂いなどなかったように、彼は完璧な笑顔で接してくれた。

いまだに指を掴まれるとどきどきする。キスの先に待っていた愛撫を繰り返し思い出してはひとり顔を赤らめた。

生嶌が相手なら、どんなことをされてもいい。

身もこころも、彼とひとつになりたかった。

もしかして、そんな自分の胸の裡に気づき、生嶌は臆しているのだろうか。

重い、と悔やんでいるのだろうか。

違う、違う。

生嶌は薄情な男ではない。

だが、愛撫で蕩かされた夜がだんだんと過去のものになっていくと、どうしたって不安になる。叶（かなえ）としては生嶌に溶け込んでしまいたかったが、彼のほうでは最後まで突き進むことをためらっている可能性がある。

ほんとうの意味で身体を繋げてしまえば、なにがあっても生嶌を追ってしまう。それは絶対だ。

——初めての恋だから。

もっと経験を重ねておけばよかった。そうすれば生嶌の負担にならず、軽い快感を分かち合う仲ですんだだろう。

「俺らしくないな……」

ため息をつきながらトートバッグを提げ、昼休憩に入った。

いつもの公園で食べるにはだいぶ寒くなってきたが、陽が出ている間はまだ過ごしやすい。

たらこのおにぎりを食べながら色づいた銀杏（いちょう）の樹を見上げていると、脇に置いていたスマートフォンにメッセージが届いた。

見てみれば、先日世話になったテレビ局の芦野からだ。

『お忙しいところすみません。この間はほんとうにありがとうございました。おかげさまで岡崎さんに出演していただいたコーナーは反響が大きく、また出てほしいとのお声をたくさんちょうだいしています。四季折々の花を扱うのは番組的にも映えるのではないかと内部でも賛成の声が多いため、もし岡崎さんがよければ、毎月一度、私どもの番組にご出演願えませんでしょうか。企画が立ちましたら、早くても来春スタートとなりますので、お時間のあるときにでもご一考いただければ幸いです』

思ってもみない誘いに、メッセージを三回読み直した。

まさか、またチャンスがもらえるなんて。しかも今度は定期的な出演依頼だ。

月に一度とはいえ、こうも慌ただしくなってくると、ほのかな希望が胸に生まれる。

もしかしたら、独立できる日もそう遠くないかもしれない。

軽い足取りで店に戻り、仕事を再開すると、ダウンジャケットを羽織ったひとりの男性が訪れ、四葉に声をかけた。

「あの、突然すみません。こちらに岡崎叶さんという方はいらっしゃいますか」

「僕が岡崎です」

四葉のうしろで作業していた叶が名乗ると、男は顔をほころばせ、名刺を差し出してきた。

「はじめまして、永井健二と申します。突然お邪魔してすみません。じつは岡崎さんが出演した番組を拝見し、とても素敵だったので、私どもの番組にもご出演いただけないかと思いまして」

「え……」

「と言っても、テレビではなく、私どもはウェブでの動画なのですが。さまざまなエンタメやカルチャーを紹介するポータルサイトです」

名刺に書かれた永井の肩書きをあらためて確認すると、叶でも知っている有名サイトだ。

物腰やわらかな男は叶が出演した番組について熱っぽく語り、「よろしければご検討いただけませんか」と言い添える。

「岡崎さんの花はネットでも映えます。いまはテレビを観ず、ネットだけチェックするというひとびとも多いですし、カラフルな画面に皆惹かれるんですよ。料理や綺麗な風景、それに花。オンラインで花を購入することもできる時代ですから、そういった意味でも、岡崎さんにはぜひご出演いただけたら嬉しいです」

「ありがたいお話です。すこしだけお時間をいただけますか。職場にも許可を取る必要があるので」

「わかりました。ご連絡お待ちしております」

頭を下げた永井が立ち去ったあと、名刺に再び視線を落とした。

芦野から持ちかけられた定期出演の話に浮き立っていたばかりなのに、ほかにも誘いがあるなんて。

意外な方向に話は進んでいる。

生嶌に出会う前だったら、望たちのことも手伝って絶対に断っていたはずだ。出る杭は打たれるとはよく言ったものだ。叶がいままで以上に表に出れば、望が嫉妬する。おば夫婦にもいやみを言われるに違いない。

『岡崎家の者が世間の笑いものになるなんて』

かならずそう言う。

だが、いまの自分だったら違う道を選べるはずだ。生嶌とこころをかよわせるうちに――いま、彼は思い悩んでいるが――ある種の強さを身につけた。

自分の花で喜んでくれるひとがいる。

そう思えるようになったのも、つねに背中を押してくれた生嶌のおかげだ。

出てみようか。

生嶌にも相談したいところだが、毎回彼の手を煩わせるのも申し訳ない。自分だっていい大人だ。テレビ出演が成功したのだから、動画サイトも真面目に取り組めばきっとうまくいく。

出てみよう。そして、生嶌と一緒に喜ぼう。

覚悟を決めて四葉に相談したところ、『もちろん大丈夫だよ。楽しみにしてる』と背を押され、帰宅後、名刺に書かれていたアドレス宛にメッセージを打ち込んだ。

永井からもすぐに返信があり、『ご快諾ありがとうございます』との挨拶のあとに撮影予定日の候補がいくつか挙げられたので、オフの日を選んだ。話はとんとん拍子に進み、次の金曜日に板橋のマンションへ行くことになった。

『花はこちらで用意しておきます』

永井の返信にいささかためらったものの、予算があるのだろうと思い直し、お願いします、と返した。

本音を言えば、なにを生けるかは自分で決めたかった。季節にあった花というものがあるし、新鮮な状態で持ち込みたいのだが、メディアによっては自分の言い分がとおらない場合もあるだろう。

永井と約束した日はまたたく間に訪れた。朝から重い雲が立ちこめる日で、冬を感じさせる寒い風に首をすくめて指定されたマンションに入り、エントランスに取りつけられたパネルで部屋番号を押すと、ガラス戸が開いた。

「お待ちしておりました、岡崎さん」

出迎えてくれたのはフリースジャケットを羽織った永井だ。

「今日はお忙しいところわざわざすみません」

「こちらこそ、お呼びくださってありがとうございます」

玄関先で挨拶を交わし、室内へと入った。外観は古びていたが、中はリノベーションされたようで清潔だ。

とおされた部屋には四人掛けのテーブルが置かれている。床には青いバケツがあり、無造作に花が水に浸かっていた。

叶がひそかに眉をしかめたことに気づかず、永井はもうひとりの男を紹介してくれる。カメラマンだという男は永井よりもずっと若い。彼も人懐こそうな笑みを浮かべていたので、叶も頭を下げた。

部屋の一室を撮影用としているらしい。壁にオフホワイトのロールがかけられていた。

「じゃ、ちゃちゃっと行きましょうか」

さして打ち合わせもせずに撮影が始まりそうなことに疑念が募る。

「あの、司会の方とか、いらっしゃらないんでしょうか」

とまどう叶に、永井はひょいと肩をすくめ、「いません。そこまで予算ないんで」と言う。

テレビ局での撮影とはなにもかも違う。永井がセットしたのは小型のビデオカメラだ。スタンド式のリングライトが点くと、思っていたよりもまぶしい。

「テレビに出たときも、結構話せてたでしょう。あんな感じでお願いしますよ。足りないところはこっちでテロップを入れるんで大丈夫ですから」

こともなげに言われ、ますます不安になってくる。ぱっと見た感じでは永井もカメラマンも悪い人物ではなさそうだが、芦野のような丁寧さが欠けている気がした。早まったのではないか。周囲にもっと相談すればよかったのではないか。

それでも、この話を受けたのは自分だ。誰かに強制されたわけではないとみぞおちに力を込め、テーブルの前に立った。

ろくな打ち合わせもなく、いきなり本番のようだ。

充分に水揚げされておらず、しおれかかっている花が視界の隅に映る。

「じゃ、いきまーす。3、2……」

頬が強ばるのを感じながらもぎこちなく微笑み、叶はカメラに向かって一礼した。

その向こうに、生嶌はいない。

十二

クリスマスを控え、街は煌めきを増していく。通りを歩くひとびとは皆浮き立っているように見え、叶だけがひとりため息をついていた。

仕事が終わり、いつもならまっすぐ家に帰るのだが、今日はそういう気分ではない。あてどもなく歩きたいけれど、吹きすさぶ風に負けて目についたカフェに入った。

ホットココアを注文し、窓際の席で頬杖をつく。

見れば憂鬱になるとわかっていても、見ずにはいられない。スマートフォンを取り出してイヤフォンをセットし、目当ての動画を再生した。

『はじめましてこんにちは。岡崎叶と申します。今日は――はじめての方でもチャレンジしやすいブーケを作ります』

顔は硬いし、声も上擦っている。視線が落ち着かない。はさみを持つ手が危ういし、焦ったせいか花を取り落としてしまう。

挙げればきりがない、欠点だらけの動画はおとといい公開された。

『話題のフローリスト・岡崎叶さんに習うはじめてのブーケ作り』

さまざまな話題を扱う人気エンタメサイトの動画だけに、目に留めてくれたひとも多かったようだ。万単位の再生数をたたき出している反面、コメント欄は辛辣だ。

『テレビよりも雑じゃない?』
『なんか手元がおろおろしちゃって見てらんないな』
『花がしおれてるの、わかんないかなー。このひとほんとにフローリスト?』
『こういうのがヨイショされるんだ。楽でいいね』
『色も種類もばらばらじゃん。センス疑うわ』

もちろん好意的な意見もあった。しかし、ネガティブなコメントばかりが目に飛び込んできて滅入る。

自分で見ても、生彩を欠いた仕上がりだ。永井が用意してくれた花々は雑に扱われたせいでところどころ花弁も葉もしおれ、彩りも正直なところいい組み合わせではなかった。とはいえ、そんなことを口にできるわけがない。こっちだってフローリストとして毎日店に立っているのだ。苦心して形にしたものの、カメラを通じたブーケは視聴者をがっかりさせたようだ。

店長の四葉をはじめ、店のスタッフも皆、叶の二度目のメディア露出を楽しみにしていて、動画アップとほぼ同時に見てくれたらしい。

すっかり気落ちして出勤した叶に、四葉が『充分頑張ってたじゃん。そう落ち込まないで』と励ましてくれたが、言葉すくなに礼を言うことしかできなかった。

ほんとうだったら皆で喜び合っていたのに。

永井のせいではなく、しなびた花のせいでもない。

出演条件を細かくチェックせず、軽々しく引き受けた自分が悪い。事前に隅々まで確認し、せめて花は自分でそろえるべきだった。そうすれば、手元が多少おぼつかなくても、表情が硬くても、新鮮な花々がカバーしてくれたはずだ。

あくまでも主役は自分ではなく、花だ。

そのことを深く考えていなかった自分の愚かさがいやになる。

熱いココアをひとくち飲み、カップの縁についた痕(あと)を指でなぞった。クリアネイルの根元が伸びてきている。

無性に生嶌(いくしま)に会いたかった。だが、彼もこの動画を目にしていたらと思うと連絡を取ろうにも取れない。

生嶌も失望したのではないだろうか。

それまで控えめにしていたのに、突然ライトを当てられたことで舞い上がり、調子に乗った結末がこれなのかと。

けっして調子に乗ったつもりはないし、あの場ではできる限りのことをした。

けれど、視聴者にとっては目に映るものがすべてだ。

叶がどれだけ苦労して生けたかどうかなんて知ることはないし、そもそも知らせることではない。

ただ、花が好きでここまでやってきたのに、いつの間にか道を間違ってしまった気がする。

それは誰のせいでもなく、決断力が鈍い自分のせいだ。

スマートフォンを伏せ、窓の外をぼんやりと眺める。オフィス街の神保町もこの時期は綺麗なイルミネーションが楽しめる。

十八時過ぎの町並みを、生嶌も見ているだろうか。きらきらしたものが好きな彼にとって、輝く夜は美しく映るだろう。

会いたい。でも、いまは会えない。

かわいそうな自分を慰めてくれる甘い言葉の波に溺れたいけれど、なんの解決にもならない。

つらいときばかり頼られるのは、生嶌にとっても重いだろう。

「……しっかりしないと」

時間をかけてココアを飲んだ。

雑踏を抜け、寂しい部屋に帰りたくない。

岡崎の家を出て以来、ひとりで暮らすのは苦痛ではなかった。それどころか、自分しかいない部屋では深く息を吸い込むことができた。

しかし、いまはあの部屋が寒々としたものに感じられる。

生嶌という男を知ったからだ。

目にもまばゆいワンダーランドが窓の外に広がる部屋に、美しい生嶌はよく似合う。年齢的にも、キャリアも申し分のない彼と比べたら自分はなんて半端な存在か。

自虐的になると終わりがないとわかっていても、ひとりでいるとろくでもないことばかり頭に浮かぶ。

あの動画を、松本(まつもと)も見ただろうか。『貴宮』の顧客も見ただろうか。皆、なんだ、こんなものかと落胆したのではないか。

明日から客足が鈍ったら自分のせいだ。

たかが一度の失敗でここまで落ち込まなくてもいいと思うこころもあるが、せっかくのチャンスをふいにしたという情けなさが先に立つ。

そこには、悔しさもあった。もっと自分に発言力があったら、実力があったら。

考えれば考えるほど落ち込んでくる。

このまま居座っても申し訳ない。代金を支払ってカフェを出たあとは、のろのろと自宅へと戻った。

冷蔵庫にあるものでなにか温かいものでも作って食べよう。それからゆっくり風呂に浸かって早々に寝てしまおう。

自室に入るなりファンヒーターのスイッチを入れ、風呂に湯を張った。

冷蔵庫の中をのぞいてみたが、食欲がない。野菜室に転がっていたちいさなりんごを手に取り、くるくると皮を剝いて小皿に盛りつけ、ソファに腰を下ろした。

静かな部屋でしゃくしゃくとりんごを咀嚼する音だけが響く。

こういうとき、浴びるほど酒を吞めればいいのに。たしなむ程度にしか吞まないので、家に酒は置いていない。

だらだらと起きていてもいいことはない。風呂でしっかりと温まり、ベッドに入ったところでスマートフォンが鳴り出した。

液晶画面には『生嶌』と表示されている。

電話に出るか居留守を使うか迷っているうちに呼び出し音は切れた。放っておけば留守電に切り替わるのだが、なにも残されない。

うつむき、スマートフォンをじっと見つめた。これまでだったら飛びつくように電話に出ていたのに。

しくじったことを咎められることはないだろうが、怖い。彼にもしも呆れられようものなら、きっと立ち直れない。

もろいな、と自嘲しているところへ、再び電話がかかってきた。今度もだんまりを決め込んでいると、留守電に切りかわり、『叶』と穏やかな声が響く。

『もう寝てしまったかな。だとしたらごめん。叶の声が聞きたくて。今度のオフはいつかな。よかったら一緒にどこか……』

「もしもし」

反射的に通話ボタンをタップしていた。

「すみません、電話に出るのが遅くて」

『もしかして寝てた？』

「ううん、……まだ。生嶌さんは？」

『僕はさっき食事をして帰ってきたところ。お風呂はこれから』

「そうなんだ」

電話越しに話す機会はそうないので、なんだか新鮮だ。声は耳元で聞こえるが、彼自身は離れた場所にいる。

『次のオフはいつ？』

「あさっての金曜日です」

『じゃ、僕とデートしよう』

「いいんですか？」

動画のことに触れられるかと懸念していたが、とくにそんな雰囲気にならないことに安堵（あんど）し、

「どこ行くんですか」と訊いてみた。

『それは行ってからのお楽しみ』

「生嶌さんのお楽しみ、こころ待ちにしてます」

待ち合わせ場所と時間を約束して、「今日はもう寝るんですか」と聞いてみた。

『叶の声が聞けたから、いい夢が見られそうだ』

「俺も」

ささくれた気分がいくぶんか和らぎ、ほっと息をつく。

『ベッドに入った？』

「入りました」

ごそごそと布団にもぐり、厚めの毛布を引っ張り上げる。低く甘やかな生嶌の声を聞きながら眠りたい。

『僕が絵本を読んであげる。それとも子守歌がいい？』

「どっちも聞きたい」

電話の向こうから楽しそうな笑い声が届く。

続いて、ゆったりと語られる昔々の物語に耳を傾け、叶は瞼を閉じた。

じくじくと疼く傷口をそっとふさいでくれるような声は、夢の中でも叶を守ってくれそうだ。

十三

待ち合わせ場所は下町にある東京スカイツリーだ。金曜日の十五時十分前、早めに着いたつもりだったが、相手はもう先に来ていた。

駅の改札を出て左端の壁に寄りかかる生嶌（いくしま）に目を留めるひとは多い。ダークグレイのシングルコートをまとい、ブラックのタートルネックがアッシュブロンドの髪によく映える。

誰かと待ち合わせる際、うつむきがちにスマートフォンに視線を落とすひとがほとんどだが、生嶌は顔を上げ、通りを眺めていた。

そのすっきりした姿勢をどことなく誇らしく思い、小走りに駆け寄った。

「すみません、お待たせして」

「お互い早かったね」

にこりと笑う生嶌に導かれるまま、ビルの中へと入っていく。

食事かショッピングでもするのだろうかと思ったが、連れていかれたのは思いがけない場所だ。

深いネイビーがメインのフロアには、輝く星のポスターが何枚も飾られている。

「プラネタリウム……？」

「そう。都会では満天の星空を拝むことはできないから、ここでリフレッシュ。叶はプラネタリウムに来たことある？」

「小学校以来だと思います」

「これから見るプログラムはちょっと特別なんだ」

慣れた感じで生嶌はチケットを買い求める。十五時という半端な時間だけに、来場客はすくない。

「十五時二十分の回、始まります。チケットをお持ちの方はお並びください」

係員にチケットを渡すと、長方形の白い紙片を渡された。

なんだろうと目の前にかざすと、うっすらと甘い香りがする。

「これは？」

「アロマオイルを染みこませているんだ。リラクゼーションできるプログラムだから、のんびり鑑賞しよう」

プラネタリウムといったら、ただ椅子に座ってドームを見上げるだけと思っていたが、ずいぶんとおしゃれになったらしい。

半円形の白いドームの一番前に、大人ふたりが寝転べる三日月型のシートが設けられている。

生嶌が腰を下ろし、叶も隣に腰かけた。

「ふかふかだ」

「靴を脱いで寝転んで。深く息を吸って、吐いて……そう、リラックスして」

お腹の上で軽く手を組み、瞼を閉じて深呼吸をする。ときどき、紙片から立ち上る香りを吸い込むと、だんだんと身体の力が抜けていく。

そうしているうちに明かりが落ち、やわらかなナレーションが始まった。

『本日お送りするのは冬の夜空に輝く特別な星たちです』

そこから始まる天体ショーに思わず息を呑んだ。

小学生のときに観たプログラムはもっと簡素だった。しかし、いま頭上に広がるのは偽りなく満天の星だ。

またたく無数の星々に、手を伸ばしたくなる。夜空と自分の境目が失われ、まるで吸い込まれるようだ。

叶も知っている星座が紹介された。

オリオン座にサソリ座、冬の大三角。

地球から一番明るく見える太陽の次に輝くのがシリウスで、その次はカノープス。

「――シリウスの星言葉は『灼熱』、またカノープスは『やさしさと強い感受性』と言われているのはご存じでしょうか」

目がちかちかするほどの星たちにまぎれ、ときどき流れ星が飛んで消えていく。やがて星々は白く流れて渦を巻き、叶たちを広大な宇宙の海へと連れ出す。

どれくらい見入っていただろう。ドームの天井がだんだんと明るくなり、『おはようございます。よい一日を』というナレーションで締めくくられた。

なんだか、夢を見ていたみたいだ。

ぼうっとしていたのだろう。可笑しそうな生嶌がのぞき込んできて、手を差し出してくる。素直にその手を摑み、ドームを出た。

甘い紙片を大事にポケットにしまっていると、「カフェでも行く？」と訊かれ、あたりを見回した。

金曜の夜だけに大勢のひとで賑わっている。指先からなだれ込んでくる温もりを確かなものにしたくて、きゅっと摑み、「あの」と彼を見上げた。

「よかったら、うちに来ませんか」

「叶の部屋に？　いいの？」

「たいしたおもてなしはできませんけど。……静かな場所で話したいし」

生嶌と並んで歩き、自宅まで戻ると、「寒いですよね」とすぐにファンヒーターのスイッチを入れた。

生嶌からコートを預かってソファにいざない、ハーブティを淹れて手渡した。

「ここに来るのは二度目だ」

　初めて彼の前で泣いたとき、室内に上がってもらった。あのときは混乱していたし、生嶌もそう長居はしなかった。

「俺、あまり成長してませんよね。あの夜も泣いたし、今夜もちょっとこのへんがざわざわしています」

　左胸を、とん、と指さす。そこに埋まるのは生嶌への想いとすこしの後悔だ。

「あんなに綺麗(きれい)な星、東京では観られません。星言葉なんてものがあるのも初めて知りました。花言葉は知ってるけど」

「いいよね、星言葉も花言葉も。僕らがこの世界に生まれる前から存在しているものにはすべて意味があって、寄り添う言葉がある。昔のひとにはインターネットやテレビなんてなかったから、想像をふくらませて星々の神話を作ったり、四季折々に咲く花に想いを馳(は)せたんだ。なんて、ロマンティストを気取るわけじゃないけど」

　端正な顔立ちの生嶌の口からこぼれると、どんな言葉も甘やかだ。

「前に、生嶌さんの部屋から遊園地を眺めたのをよく覚えてます。あのときは眼下に輝きが広がってたけど、今日はほんとうに頭の上に星があった」

「観ている間、なにか考えた？」

「星ってこんなにたくさんあるんだなって……あらためてそう考えたら、自分の悩みなんてちっぽけで、星の海にまぎれていくなあって……」

見上げた星ひとつひとつに生があり、輝きがあり、終わりがある。遠い遠い空のずっと向こうで燃え尽きた星たちの最後の輝きがこの目に届くまでの時間を考えたら、人生はあっけない。

「普通に生きてると、自分のことばかり考えて潰れそうになります。でも、それってもったいないですよね。失敗して落ち込まずにいることは難しいけど、自分の頭上にある世界を忘れたくないな……って、恥ずかしいな。ひとり語りですけど」

照れる叶に、生嶌が「もっと聞かせて」と肩を寄せてくる。

「きみの言葉が聞きたい」

「ほんと、情けないことばかりですけど」

すこしずつすこしずつ、話し出した。

ウェブ出演を依頼されたこと。

生嶌に相談するかどうか迷い、結局は自分ひとりで決めたこと。

そして無残に失敗したこと。

複雑にもつれた糸をほどく作業は困難だが、恥ずかしくても、つたなくても、自分に正直に向き合わないといけない気がした。

それを話せる相手はやはり生嶌だけだ。

「笑ってもいいです。俺、浮ついてたんですね」

「笑わないし、浮ついてたんでもない」

「でも、せめてあなたに相談すればよかった」

「叶は正しかったんだよ」

ゆるく笑う生嶌に首をひねった。

「失敗したことが？」

「失敗じゃない。それは経験というんだ。とても貴重な。きみは、ちゃんと自分自身で判断したんだ。確かに相談してくれていたら僕も余計なアドバイスをしていたかもしれない。だけど、きみはどういう結果を生もうとも、自分の力で乗り切ったんだ。世間がどう言おうと、僕はきみの勇気をたたえるし、またかならずチャンスがあると信じてる」

力強い言葉が胸にひたひたと染み込んできて、じわりと目頭が熱くなる。

気をゆるめればまた泣いてしまいそうだ。慌てて鼻を啜(すす)ってうつむくと、ふわりと手のひらが頭に乗せられた。

「きみのここで、いつも星が輝いていると信じて。きみの手の中で精一杯咲く花の力を信じて。どんなことにも終わりがあるから美しいんだよ」

「俺と生嶌さんの関係も？」

「僕を疑う？」

くすりと笑う生嶌が顔を近づけてきて、頤(おとがい)をつまんでくる。

「僕を試すような目だ」

「そういう、わけじゃないけど」

「じゃ、どうしようか」

「意地悪い……生嶌さん」

静かな部屋に誘ったときからわかっているくせに。

沈黙の帳(とばり)が落ちる中、自分ではどうしていいかわからないものの、いつも受け身なのは違う気がする。それに、駆け引きは上手じゃない。

勇気を出して彼の胸に手を這(は)わせると、その上から大きな手が重なってきた。

「いいの？」

「……いい。あなたなら」

熱を帯びた視線を感じて、身体の芯(しん)が熱くなる。

互いの間にある垣根を壊したい。一歩深いところに踏み込んで、この繋(つな)がりを確かなものにしたい。

明かりを消し、ソファからベッドへと移り、互いに見つめ合った。狭いシングルベッドだが、そのうち気にならなくなる。カーテンを透かして射し込んでくる街灯のほのかな明かりが、生嶌の整った顔立ちをうっすらと浮かび上がらせていた。アッシュブロンドの髪が細かく光を弾(はじ)いていることに見とれていると、やさしく頬のラインをなぞられ、くちびるが重なってきた。

最初から甘い時間を想像させるような熱っぽいキスに夢中になり、くねり挿ってくる舌にうずうずと擦られると腰裏がじわりと疼く。

ゆっくりと覆い被さってくる彼の首にしがみつき、舌を絡め合った。とろりと伝い落ちる温かな唾液をこくりと飲み込む間に生嶌の指で服を脱がされていく。

自分だけ素肌を晒すのはいやだ。生嶌のシックなブラックニットの裾をつまむと、「脱いだほうがいい?」といたずらっぽく笑う彼が、ひと息にニットから頭を抜く。

着痩せするたちらしい。広い肩から引き締まった胸へと順々に視線を落とし、頬がかっと熱くなる。質のいいウールパンツを脱ごうとしている生嶌を食い入るように見てしまう自分が浅ましく思えるのに、どうしても目が離せない。

それは彼も同じようだ。叶からすっかり衣服を剝ぎ取ると、視線を合わせながら最後の一枚を脱ぎ落とす。

ネイリストというインドアな職業に就きながらも、生嶌の身体には無駄がない。鍛えた裸体の前に貧相な自分が恥ずかしくて顔をそらそうとすると、「だめだよ」と囁く生嶌がくちづけながらのしかかってきた。

「ん——……あ……っ」

ちいさな喘ぎが喉奥にこもる。胸と胸、腰と腰がぴったり重なることに心臓がどくどくと駆け出す。

目で見るよりも、じかに肌で感じる彼はずっと大きくて、硬い。

生嶌が身じろぎするだけで快感がふつふつと肌の下から湧き上がってきて、じっとしていられない。

「や、だ、そんなふうに、動かない、で」

「そんなふうって、どんな？」

「腰……ぁ、ぁ……あぁ……っ！」

「叶も感じてくれてるんだ。……甘い香りだ。きみからはいつも花の香りがする」

ただ下肢を触れ合わせているだけでも達してしまいそうで怖い。まだなにもしていないのに。

酸素が足りなくて胸を波立たせると、つぶらかな尖りを指でつままれて声が飛んだ。

「ッ、そこ、あ、あ……！」

「叶のここ、可愛い。丸くて、つんと尖ってて、薄い色だ。たくさん弄ったらどうなる？」

「どうもこうも、ない、っていうか……ん、ぅっ……」

指先でこねられて押し潰されると、ぴりぴりとした甘美な痺れが走り抜けるのが自分でも信じられない。男の胸なのに、なぜ感じるのだろう。風呂に入るとき自分でそこに触ってもなんともないのに。

生嶌は叶の弱いところを知り尽くしているかのように、指先でひとつずつ確認していく。

くりくりと肉芽を転がされながらごりっと下肢をよじられ、身体の奥からぶわりと熱が噴き上げてきた。怖いほどの鮮やかな快楽に溺れてしまう。

「だめ……だ、め……っいくし、ま、さん……」

「すこしふっくらしてきた。さっきよりも赤くなって、なんかいじらしいな。噛みつきたくなるよ」

「ん、ん、……ッあぁ……ッ!」

顔をずらした生嶌にちゅくりと乳首を吸い上げられて身体が大きくしなった。経験したことのない快感はじわじわと叶をくるみ、意識を沸騰させる。卑猥な音を立てて吸いつかれ、やわやわと噛みつかれることを繰り返すうちに、背中に汗が滲んできた。どう身体をよじっても逞しい身体の下から這い出ることはできない。

舌なめずりする生嶌が顔の横に置いた叶の両手としっかり指を組み合わせながら、ゆるく腰を回す。鋭角に勃ち上がった互いの肉竿がぎちぎちと擦れ合い、凄まじい快感を生む。

「や、っあ、あっ、んっ、んっ」

「これは、いや?」

汗で指がぬるりとすべる。だけどきつく絡み合っていて離せない。互いに重なる部分からぬちゅぬちゅと淫らな音が響く。手で触るのではなく、昂る肉竿を押しつけ合うだけの行為に声が止まらない。

「……すこし動くよ」

「んっ、あぅ、っあぁっ……いい……っ」

　先端がきつくて耐えられない。生嶌が腰を揺らめかせるたびにでこぼことした裏筋が擦れて、呻いてしまう。

　口淫されたときも理性が蕩けたが、今夜のこれも言葉にならないほど気持ちいい。

　綺麗な見た目とは裏腹の生々しさを持ち合わせる生嶌が深く息をつき、互いのそこをぎゅっと握り締め、動き出す。

「あ、ッ、ん、んん、っう、だめ、だめ、そんな、したら……っ」

「いっちゃいそう？」

「う、ん……っ」

「じゃ、いきたいって言って」

「……っ」

「叶の口から聞きたい。いきたいって」

　どうにかしてやり過ごそうかとも思ったが、艶っぽく笑う男の言うことには逆らえない。

「い……」

「ん？」

　はしたないことを口にしようとする叶から、生嶌はちらっとも視線を外さない。

　何度か息を呑んだ。その間もじゅわじゅわと快感の実が押し潰されていく。

身体のどこもかしこもぴんと張り詰めて濡れ、叶を高みへと押し上げる。

「……っ……いきたい……っ」

「僕も」

顔を引き締めた彼が大きく動き出し、互いのそこが強く触れ合う。ほとばしる喘ぎをひとつも漏らすまいと生嶌がくちづけてきて、狂おしいまでの快感に振り回された最後にどくんと身体をバウンドさせた。

「は——……あぁ……っあ……ッ……あ……」

「……っ」

握られたそこから白濁がどっとあふれ出した。同時に生嶌も身体を震わせ、熱いしずくで叶の肌を濡らす。

ぬるりとしたいやらしい感触に頭がどうかなりそうだ。なにもかもが初めてだけに予測がつかないが、まだこの先があるだろうことは叶にもなんとなくわかる。

それがふたりを強く結びつけるのだ。もしかしたら、永遠も約束できるかもしれない。

息を弾ませ、垂れ落ちてくる生嶌の髪を摑むと、彼も同じことをしてくる。

期待を込めて視線を受け止めたのだが、指先を摑んだ生嶌が先端にやさしいキスを落とす。

それからふわりと叶を抱き締めてきた。

「……生嶌さん」

「ん？」

「あの、これだけじゃ終わらないですよね」

掠(かす)れた声でそう呟くと、生嶌はくすくす笑い、額をこつんとぶつけてくる。

「そうしたいけど、今夜はここまで」

「どうして……？　俺はべつに構いません。大丈夫だから」

「だめだよ。なにも用意してないから、叶につらい思いをさせてしまう」

「でも」

まだ互いに熱い。余計なことを言ったらすこしずつ冷めてしまうから、叶は言い募った。

「このままじゃいやです。今日は俺……生嶌さんと……」

「ひとつになりたい？」

目の奥をのぞき込んでくる生嶌に、恥じらいながらこくんと頷(うなず)いた。余裕のある男がすこし憎たらしいし、そこも含めて全部好きだ。

「生嶌さん、俺……」

どうすれば続きをしてくれるのだろう。

露骨な言葉に置き換えることには抵抗があり、結局口をつぐむしかなかった。

髪をすく、激情をなだめるような生嶌の手つきに寂しくなる。

「……俺をひとりにしないで」

ぴたりと手が止まった。

生嶌は静かに呼吸を繰り返している。なにも言わない。

いけないことを言っただろうかと煩悶しながら見上げると、不思議な表情が目に映る。

眉をひそめ、なんとか微笑もうとしているが、隠しきれないせつなさが滲んでいる。

彼のこんな顔は初めて見た。

出会ったときから洗練された年上の男として捉えてきたが、いま目にしているのは途方に暮れた顔だ。

行くあてのない子どものような。

ひょっとしたら、自分よりも深い寂しさを抱え込んでいるのだろうかと穿った想いが浮かぶ。

洒脱な彼に、寂しい、という言葉はしっくり来ない。叶と出会って以来、つねに穏やかで微笑み、親身になってくれたうえに友愛以上の想いを抱いてくれた。

なぜ、こんな顔をしているのだろう。

その理由を聞きたいが、熱を分け合ったあとの話題にふさわしいかどうか、経験足らずの自分にはわからない。

ほかのひとはどうしているのか。もっと上手に誘って、次の熱へと持ち込むのか。

他人に媚びたことがないからもどかしい。機嫌を窺う、ということなら岡崎家に住んでいた頃、しょっちゅう経験してきた。あのひとたちの機嫌を損ねないよう、頭を低くしてやり過ごすことしかできなかった日々はもう遠くにやってしまいたい。

いまは自分を抱き締めてくれる温かい腕を大切にしたかった。この腕だけが自分を守ってくれる。新しい景色に、そして未来へと導いてくれたのだ。それはこれからも。

「お願いだから、俺をひとりにしないで」

ほんとうに言いたいのはそういうことじゃない。生篤だけが知っている熱を教えてほしいと正直に言えばいいだけなのに。もっと正直に、もっと貪欲に、もっとあざとく媚態を示せばどんなにいいだろう。

なのに、繰り返し口を衝いて出るのは同じ言葉だ。

言ったら後悔する。でも、言わなかったらもっと悔やむ。

「……ひとりにしないでください」

自分でも痛々しくなるくらいの切実さに、再び大きな手が髪をすき始める。そして、こころの中にある、もろく、やわらかな場所を撫でるような声で囁いてきた。

「きみのそばにいるよ」

だが、彼は消えるのだ。

十四

逃れられない日が訪れた朝、叶は熱いシャワーを浴びて清潔な服に着替えた。

クリスマスイブ。おばの誕生パーティが開かれる日だ。

この日を迎えるにあたり、弟の望から執拗にメッセージが送られてきた。しまいには、だめ押しのごとく電話がかかってきた。

『午前十一時、家に来るように。スーツはこっちで用意しておくからべつに気にしないでいい。あんたは岡崎家の子息として控えめに、失礼のないように、にこにこしていればいいんだよ。大事な場面は僕がちゃんとやるから。父さんと母さん、それに僕に恥をかかさないことだけを頭に置いといて。約束だからね』

思い出すだけで胸が重くなる約束を取りつけ、電話は一方的に切れた。

なにもかも忘れてすっぽかす、という考えもあった。すでに岡崎家を出て自立しているのだ。金銭的にも迷惑をかけていないし、文句を言われる筋合いではない。

しかし、電話口でそんなことを言おうものなら、火に油を注ぐ結果になりかねない。いい子の望は、叶にだけ鋭い牙を剝く。

二十五歳になっても家族に縛られ、傷つけられる自分がふがいなかった。この先もずっと、望たちのいいなりなのだろうか。

頭を強く振ってダウンジャケットを羽織り、もう一度洗面所の鏡で髪を直す。

そこに映るのは見慣れた顔。愛想がなく、表情に乏しい。岡崎家に引き取られる前はこうではなかった。実の母と妹とくすくす笑い、いつまでもじゃれ合っていた。

思い出に浸っているうちに、時間が過ぎていく。

とにかく岡崎の家に戻らなければ。そこで半日我慢し、夜になったら生嶌と会う。あらかじめ、彼にはおばたちとの関係に区切りをつけてくると話してあった。

ボディバッグを背負い、玄関でシューズを履いて、とんとんと爪先で床を叩いたところでためらい、背後を振り返った。テーブルに置いた花瓶では美しい薔薇が咲き誇っている。昨夜、仕事終わりに店で買ってきたものだ。

自分のためではない。おばのためだ。

望にはなにも持ってこなくていいと言われたし、おばとて、反対を振り切ってフローリストになった叶から花束をもらっても嬉しくないだろう。

それに、今日を限りに岡崎家とは距離を置く。来年はもうおば夫婦が催すパーティには参加しない。望から連絡が来ても出ない。

そう決めた。

血の繋がる子どもでも、いつかは巣立ちをするのだ。

だが、ひとりの人間として成長するまで、おば夫婦は叶を住まわせてくれた。白い部屋を与え、あらかじめ決めた服を着せ、叶の好みなど無視した食卓に着かせたが、それでも、雨露に濡れることなく、飢えずにここまで来られたのはおばたちのおかげだ。

何度家出しようかと思いつめたことか。

しかし、やはり、受けた恩を忘れることもできなかった。

別れの挨拶とともに、赤い薔薇をおばに渡そう。おばは豪勢な薔薇がとりわけ好きだったから。

もう一度室内に戻り、花の水を切って形よくまとめ、ペーパーでくるんで縦長の紙袋に入れた。

花束を持って家を出ると、冬の冷たい空気が頬を刺してくる。空は青く、澄み渡っていた。

今日をもって岡崎家を卒業する。

己を鼓舞しながら電車を乗り継ぎ、渋谷区の松涛に居を構える岡崎家にたどり着いた。

白い邸宅は変わらず堂々としており、両開きの玄関扉は厳重で、監視カメラが取りつけられている。『岡崎』と彫り込まれた表札の下にあるチャイムを鳴らせば、『はい』と女性の声が聞こえてきた。

「叶――岡崎叶です」

『お待ちくださいませ』

家政婦が応対してくれたのだろう。すぐに重い扉が開く。

よく手入れされた庭から続く小道はゆるやかにくねっている。暖かい季節には花が咲き乱れる小道の先に、母屋の玄関がある。そこでもう一度チャイムを鳴らす前に扉が開いた。

「やっと来たのか」

迎え出てくれたのは家政婦ではなく、望だ。上質のスーツに身を包み、いかにも上流階級の子息といった雰囲気だ。

普段着の叶を一瞥して鼻を鳴らした望は、「入りなよ」とうながす。

「母さんも父さんも支度が調ってる。あとはあんただけ。四人そろったら、十二時からいらっしゃるお客様を迎える」

花の入った紙袋に望は気づかなかったようだ。

洋風の室内に靴のまま上がる。

凝った模様が彫り込まれたらせん階段を上る望のあとを追い、二階の部屋にとおされた。かつてここに住んでいた際、叶が使っていた部屋だ。あのときと同じ白い部屋に入ると、息が苦しくなるが、なんとか堪えた。

「スーツはこれ。ネクタイとカフス、靴下も靴も用意してある。さっさとそのだらしない服から着替えて」

つっけんどんに言われ、ため息をついてもたもたと着替えた。

「相変わらず貧乏くさい格好してるんだな。うちにいた頃は母さんが用意してくれた品のある服を着ていたのに」

自分で好きに選ぶことのできなかった服を毎日着させられる苦痛を、望は難なく乗り越えた。いい子の仮面をかぶり、病院を継ぐためなら、なんでもするのだろう。

「大学はうまくいってるのか」

「当たり前でしょ。まあ、一人前の医師になるためにはまだ時間がかかるけど、せっかく父さんたちが用意してくれた未来だからね。僕が跡を継いだら、もっと病院を繁盛させるよ」

自信に満ちあふれた望なら、かならずやり遂げるだろう。

「もう婚約者もいるんだ。将来のパートナーは大手製薬会社のご令嬢。僕にぴったりの相手だ。しとやかで、品があって、奥ゆかしい。蝶よ花よと育てられた女性で、細々とした家事は一切しない。そういうことは家政婦に任せておけばいいんだし。僕と彼女は可愛い子どもを産んで、母さんたちに満足してもらうんだ」

よく動く舌だと内心感心してしまう。

「おまえには自我ってものがないのか。……全部おばさんたちがお膳立てしてくれた道を進むことに抵抗はないのか？」

悪あがきだとわかっているが、聞かずにはいられなかった。

冷笑する望は、「自我？」と呟く。

「なにそれ。高いの？　美味しいの？　あんただって僕と同じような育ち方をしてるんだからわかるだろう。――僕の実の父はギャンブル好きで借金まみれ、母は借金取りから逃れるために酒に溺れ、ふたりとも相次いで病気で死んだ。どうしようもない親だったよ。あんな家、逃げたくて逃げたくてしょうがなかった。だから施設に預けられた僕に手を差しのべてくれた母さんたちにはこころから感謝してるよ。僕に贅沢な暮らしをさせてくれたうえに、誰もが羨む将来まで用意してくれてるんだからね」

望が過酷な環境で育ってきたことは初耳だった。

「あんたにも、実の家族がいたことは知ってる。海の事故で亡くなったんだってね。愛情に満ちた家族だって、探偵が言ってた」

「探偵？」

「僕が極秘裏に雇ったんだよ。あんたがどういう経緯でここに来たのか知りたかったから。あんたの過去を知って失笑したよ。愛？　家族？　そんなもの、一瞬でなくなるんだ。僕はそんなもの信じない。愛なんか腹の足しにもならない。この世を統べるのは金と地位、そのふたつ」

言い切る望になにも言い返せないのは、つらいからではない。望がどんな想いでいままで生きてきたのだろうかと思い巡らせていたのだ。

沈鬱な表情の叶に、望は薄く笑う。

「もしかして僕に同情でもしてる？　いらないからね、そんなの。なんの値打ちにもならない。僕はいまの暮らしにこころから満足してるんだよ。できの悪いあんたと違って。――あんたが最初から邪魔だったよ。もしもあんたが母さんたちのお気に入りだったら、僕はどんなに頑張っても副院長止まりだったろうからね。だから完璧な息子を演じて、無愛想なあんたを追い出すことに成功した。まあ、年に一、二度はこうして顔を合わせるんだから、完全に縁を切ることはできないんだろうけど。――もう着替えた？　母さんたちのところに行くよ」

腹の底がぐつぐつと熱い。

望の過去、自分の過去。

まったく違う生き方をしてきたふたりが、この岡崎家で出会い、片方は疎んじられ、片方は愛された。

もしも、もしも、岡崎家の実の息子として生まれてきたらどうなっていただろう。血の繋がった子どもなら少々愛想がなくても、おばたちは可愛がってくれただろうか。

「ほら、早くしなよ。母さんたちが時間にうるさいのはあんたも知ってるだろ」

思い煩う叶にいらいらした声が飛んでくる。

ぐっと奥歯を噛み締め、花束の入った紙袋を提げて部屋を出た。

久しぶりに顔を合わせたおば夫婦は着飾り、広間にあるソファにゆったりと腰かけていた。ダークグレイのスーツに身を包んだおじと、深紅のドレスを着たおばは望を見ると笑みを浮かべ、そのうしろに控える叶にさっと視線を走らせる。

「及第点といったところね。岡崎家を継ぐのは望だけど、叶もきちんとしてらっしゃい。これから来るお客様は私たちの大切な友だちや仕事先よ。間違っても失礼のないように」

にべもない言葉には愛のかけらも感じられなかった。おじは口を開かず、冷ややかな目つきだ。

なにを期待していたのだろう。

自分は、ただのお飾り。岡崎家の長男という肩書きがあるだけの、ただの器。

心臓がどくどく脈打つ。我慢して半日過ごし、客が帰ったらおばたちに別れを告げる。

なんとか堪えろ、堪えろと言い聞かせていたときだった。望とおば夫婦が並び、叶に冷笑を浴びせる。

「やっぱり母さんの見立ては完璧ですね。兄さんが立派に見えます」

「まあ、お世辞を言ってもなにも出ないわよ。望、あなたは無愛想な叶の代わりにお客様たちを満足させてちょうだいね」

「もちろんです。僕は岡崎病院を継ぐ男ですから。母さんと父さんが誇れるような病院にしてみせます」

「それでこそ岡崎家の息子だ」

満足そうなおじに、おばが赤い口紅で彩るくちびるを吊り上げる。

「まったく、損な買い物をしたものよ。叶よりも、望を先に引き取っていればここまで面倒なことにはならなかったわ。ところで、その紙袋はなんなの？」

問われて、震えそうな手で花束を差し出した。

おばが気に入りそうな赤い薔薇を見るなり、真っ先に望が声を上げて笑った。

「もしかして、それ、母さんへの贈り物？　いらないって言ったのに。こんなみすぼらしい花束を母さんが喜ぶと思ったの？」

「まあそう言うな、これがいまの叶の精一杯だ」

望とおじの暴言を引き取り、おばが可笑しそうに肩を揺らした。

「あのちっぽけな店で買ったのかしら。あなたにしたら精一杯の贈り物なんでしょうね。いいわよ、受け取ってあげるわ。ほかの花に混ぜてしまえばわからないし——」

辛辣な言葉に、すうっと頭の底が冷えていく。

花を愛した母のこと。折り紙で花を作った妹のこと。

ふたりが荒い波の向こうに消えたあの日のこと。

そこから今日まで続く冷たい日々のこと。

叶は顔を上げ、花束を渡そうとしていた手を引く。それから三人を順々に眺めた。

見せかけの上等の暮らしはもういらない。

「いままでありがとうございました。僕は今日を限りに岡崎家を離れます」

「なにをばかなことを……」

言いかけたおばを遮った。

「おばさんにもおじさんにも、感謝しています。ここまで育ててくださり、ありがとうございました。僕を岡崎の籍から抜いてください」

「あなた、なにを言ってるかわかってるの？　そんなことをしたら私たちの」

「顔に泥を塗る、とおっしゃりたいんですよね。どう言われても構いません。いくらでも僕を罵（ののし）ってください。あなたがたには望がいます。望ならどんなことでも従ってくれます。僕は、僕の人生を歩みます」

「本気で言ってるのか？　おまえになにかあっても私たちは支援しないぞ」

「結構です」

おじに浅く顎（あご）を引き、ぽかんと口を開いている望に笑いかけた。

「おまえならおばさんたちが求めるいい息子になれるよ」

おば夫婦が上品な顔を歪（ゆが）ませたとき、チャイムが軽やかに鳴った。

十二時前だが、気の早い客が訪れたのか。

我に返った望が澄ました顔を取り繕い、出迎えに行く。直後に、「誰だ、あんた」と剣呑（けんのん）な声が聞こえてきた。

「ちょ、ちょっと待てよ。上がっていいとは誰も――」

「叶」

その声にはっと振り向くと、コート姿の生嶌が立っていた。

「生嶌さん、どうして……」

なぜ彼がここにいるのだ。夜に会う約束をしていたが。

「迎えに来た。きみを育ててくれた方々にご挨拶したくて」

「挨拶？　誰よ、あなた」

眉をひそめるおばたちに、生嶌は優雅に微笑み、叶の肩を抱き寄せる。

「叶さんは僕の大事なひとです。あなたがたが保護してくれたからこそ、叶さんは生き延びました。しかし、あなたたちは世界で一番大切なものを叶さんに教えなかった。それはお金でも地位でもありません」

「なんなのよ」

苛立ちを滲ませたおばに、生嶌が息を吸い込む。

しばしの間、瞼を閉じる彼の口からなにが飛び出すのか。

見上げる叶に気づいたのだろう。生嶌はもう一度深呼吸し、おばを見据えた。

「愛です」

言い切った生嶌に、おばたちはあっけに取られていた。

端正な顔を誰よりも先に崩したのも、やはり望だ。

「……は、なに言ってんだよ。愛？　あんた、叶を愛してるとかいうのか」

「そうです」

「なに言ってるのよ！　あなたたちは男同士じゃないの！　叶はいずれ私たちが選んだ女性と結婚させるつもりで——」

「お母様、叶さんはあなたがたのおもちゃではありませんよ。どんなに可愛くても、どんなに憎らしくても、いつかは子離れするものです。あなたたちには望さんがいるでしょう？」

そこで生嶌は望をまっすぐ見つめた。すこしもたじろがない強いまなざしに、望が息を呑む気配が伝わってくる。

「望さんもおもちゃではない。けれど、彼自身があなたたちの可愛い息子であることを望んでいるのです。だったら、叶さんを自由にしてください。僕が責任を持って叶さんを守り、しあわせにします」

「勝手なことを！」

怒り狂った望の振り上げた拳(こぶし)をあっさりと受け止めた生嶌が、にこやかに言う。

「いい子のお坊ちゃん、自分の立場を忘れたかな？　きみは岡崎家の跡取りとして、このあとやってくるお客様たちに笑顔を振りまかなきゃ」

くちびるを噛み締めた望がなおも力で押してこようとするのと同時に、再びチャイムが鳴る。

「旦那様、奥様、お客様がいらっしゃいました」

家政婦が広間に顔を見せ、深々と頭を下げる。

その言葉に、おばたちは赤くなったり青くなったりしていたが、やっとのことでこれから始まるパーティのことを思い出したのだろう。華やかで、品のある、彼ららしい上辺だけのパーティ。

憤懣やるかたないという顔に気品ある仮面をつけたおばが、望に向き直る。

「望、お客様を迎えてちょうだい。――それから叶、二度とこの家の敷居をまたがないで」

どうかすると金切り声になりそうなのを抑え込むおばのプライドの高さには脱帽だ。

「おじさん、おばさん、どうかお元気で」

気丈に言って花束を抱き締め、玄関に向かっていた望を追い越した。

「さよなら、望」

ちいさな声は確かに望の耳に届いたのだろう。いまにも罵倒を浴びせようとしてくる望と叶、そして生嶌の前で扉が大きく開く。

「――ようこそ、お待ちしておりました」

とっさにほがらかな仮面をかぶった望の脇をすり抜け、叶と生嶌は白亜の邸宅をあとにした。

十五

「びっくりした……まさか生嶌さんが現れるなんて思わなかった。住所教えてなかったのに」

静かな住宅街からゆるやかな坂を下って渋谷駅に向かう途中、かたわらを見上げると生嶌が微笑む。

「じつはきみのスマートフォンに仕込んだGPSをたどってきた……というのは冗談で、都内で有名な『岡崎病院』をネットで検索したんだ。病院のサイトに岡崎さんの名前が記載されていたから、そこから突き止めた」

「すごい」

「夜に会う約束をしていたけど、やっぱり心配で。おばさんたちとの関係に割って入るのはどうかと考えたんだが——僕自身、きみとつき合ってることを言っておきたかったしね。邪魔じゃなかった?」

「ぜんぜん。むしろ嬉しかった。生嶌さんが来てくれたことで、踏ん切りがつきました」

軽い足取りで、生嶌の顔をのぞき込む。

「……つき合ってるって、ほんとうに？　俺と生嶌さん、そういう関係ですか」

「僕はそんなに器用じゃないよ。冗談で『好きだ』とか言わないし、抱いたりしない」

その頃にはスクランブル交差点に差し掛かり、たくさんのひととすれ違ったけれど、甘く艶やかな声は叶（かなえ）だけに聞こえた。

ぱっと顔が赤らんだのがわかったのだろう。可笑しそうな生嶌が肩をぶつけてきて、「どこかでお茶でもしようか」と言う。

「そのあとは僕の部屋においで」

「うん」

満ち足りた気分で足下がふわふわする。

クリスマスイブ。街中の浮かれた気分が伝播（でんぱ）し、冷たい風も気にならない。

人目を気にせず彼に抱きつきたい衝動を堪え、生嶌とカフェでくつろいだあと、すっかり馴（な）染（じ）みとなった水道橋（すいどうばし）の彼の部屋に向かった。

「お邪魔します」

「どうぞ。これ、きみ用のスリッパ」

やわらかなイエローのスリッパを指さす彼に、「ありがとうございます」と頭を下げた。

リビングの隅にもみの木が置かれていることに気づき、顔をほころばせた。

「ツリー、あるんですね。毎年飾るんですか？」

「いや」

生嶌はコートを脱ぐため、背中を向けていた。

「今年、初めてだよ」

「そうなんだ。……俺と一緒だから?」

「うん」

どことなく平坦な声だが、修羅場を乗り越えたあとだけに生嶌も疲れているのだろう。

「じゃ、一緒に飾り付けませんか」

ツリーの足下に、金色銀色のモールに、カラフルなオーナメントが入った箱がある。天使の像やステッキ、ベルや靴下、ヒイラギ。叶の腰ほどの高さがあるツリーは飾りがいがありそうだ。

「叶はクリスマスが好き?」

「好きです。母と妹が生きてた頃は、誕生日に次いで一年に一度のお楽しみでした」

「聞かせて」

叶が持ち帰った薔薇を花瓶に生けている間にふたりぶんの紅茶を淹れた生嶌に誘われ、ツリーのてっぺんに飾るきらきらした星を手にしながらソファに座った。

「前も言ったとおり、うちは貧しかったので。もっとちいさいツリーで、オーナメントも妹と一緒に手作りしました。妹は折り紙が好きで天使やベルを器用に作ってくれて、俺はこういう星を作りました。ふたりで飾り付けを終える頃に昼間の仕事を終えた母が帰ってきて、ろうそくに火を灯して明かりを消して、ケーキを囲んで歌をうたって……翌日の朝起きると、まだ母はスナックの仕事から戻ってないんですけど、絶対に俺と妹の枕元にプレゼントの入った靴下が置かれてました」

「お母さんはなにをくれたの」

「ノートとか消しゴムとかシャーペンです。妹には色鉛筆かちいさなぬいぐるみ。クリスマスの翌日は新しいノートを開けるのが嬉しかったな」

「いいお母さんだ」

実感のこもる声に頷き、彼の肩に頭をもたせかけた。

「そういう生嶌さんは？　どんなクリスマスを過ごしてきたんですか」

なにげない問いかけだったのだが、なぜか生嶌は憂いを孕んだ笑みを浮かべているだけだ。

触れられたくない過去でもあるのか。

そういえば、彼の過去について一度も聞いたことがない。聞き上手な生嶌に叶が一方的に話すだけだった。

「あの……」

ゆっくりと紅茶が冷めていく。

たくさんの楽しい時間を与えてくれた生嶌がふと口を閉ざすのは、これで三回目だ。

東京タワーで夜景を見下ろしたとき。

プラネタリウムで無数の星々を楽しんだあと抱き合ったとき。

そして、いま。

叶が生嶌にこころを開いていくのと同時に、彼のほうでも変化があったのだ。

いつかの夜、生嶌は言っていた。

『きみと一緒に変わりたいんだ』

あのときから、生嶌の態度に揺らぎが生じるようになった。

会えばかならず笑顔で迎えてくれるし、やさしく抱き締めてくれる。そして今日も、岡崎家から連れ出してくれた。

そこだけに焦点を当てれば寛容な大人の男と捉えられるが、いまの生嶌はすこし危うい。

叶だけに見せてくれる横顔には大切な秘密が隠されている。そんな気がした。

もう一歩踏み込んでみようか。好きな男がどんな幼少期を過ごしてきたのか、知りたい。

『――叶のように正直に言葉を紡ぎたいけれど、そうするには僕はいささか年を重ねていて、みっともないと軽蔑(けいべつ)されるのが怖いんだ』

生嶌はそうも言っていたことを思い出し、開きかけたくちびるを引き結んだ。

じっと待つのは難しいことだが、無理矢理問いただすのも違う気がする。

困難な場面に突き当たるたび、生嶌は常にフォローしてくれた。あれはけっして見せかけではないし、偽りでもない。

実の母親に愛され、その後おばたちから冷遇され、フローリストとして多くの客を見てきただけに、ひとを見る目にはそれなりの自信がある。

四葉(よつば)や松本(まつもと)だってそうだ。叶がどんな過去を持っているかなんて気にせず、一緒に仕事をしてくれた。一から百まで自分のことを語ったからと言って、結びつきが強くなるわけではない。

たぶん、生嶌もそうなのだろう。

何度か抱き合い、互いに想いを寄せていることはわかっている。そのうえで、生嶌がここから先、叶とともに歩んでいくことにひと匙(さじ)のためらいをひそめていたとしても、いま無理に聞き出さなくてもいい。

夏を迎えるまでは、赤の他人だったのだ。

爪を彩るという目的で生嶌を知り、言葉を重ねていくうちにだんだんと惹(ひ)かれて築き上げてきた関係をこんなところで台無しにしたくなかった。

きっと、時間が解決してくれる。

もし、生嶌が過去についてなにも話さなかったとしても、彼が好きだという気持ちは揺らがない。もうとっくに生嶌はこころの深い場所に棲(す)んでいる。

大事なのはいま、そして未来だ。

いまという時を一緒に過ごしていることを噛み締め、叶は微笑み、「これ」と金色の星を彼に見せた。

「あとで一緒に飾りましょう。それより、お腹減ってませんか？　お茶しか飲んでないし、せっかくクリスマスイブだし、お祝いしましょう。確か近くにスーパーがありましたよね。なにか買ってきます」

「あ……ああ、そうか。確かにお腹が空いたね」

夢から覚めたような面持ちの生嶌が立ち上がり、リビング続きのキッチンにある冷蔵庫の扉を開いた。

「叶とクリスマスパーティをしようと思って、ごちそうを作っておいたんだ。食べる？」

「食べます食べます」

喜んで彼の隣に立ち、料理を温めたり、皿に盛りつけたりした。

テーブルに並ぶのは生嶌お手製のクリームシチューに彩りのいいサラダ、ロールパンにローストチキン。

まずはよく冷えたシャンパンで乾杯した。

「どれも美味しそう」

「デザートにケーキもあるから、たくさん食べて」

「ありがとうございます」

早速クリームシチューを口にしてみると、牛乳のまろやかな味がなんとも美味しい。大きめに切ったじゃがいもやにんじん、鶏肉もよく煮込んであって、ついつい食べ過ぎそうだ。

「トマトもレタスも新鮮で美味しい。このドレッシングも」

「それも手作りなんだ」

「生嶌さん、器用ですよね。ネイルだけじゃなくて料理も上手だなんて憧れる」

「きみの口に合ってよかった。チキンもどうぞ」

骨部分にアルミホイルが巻かれたチキンにかぶりついた。ぱりっとした焦げ目まで美味しくて、デザートが出る頃にはお腹がいっぱいだったが、真っ赤ないちごが載ったケーキは格別だ。

すべて綺麗に平らげてお腹をさすりながら皿を片付け、残ったシャンパンをグラスに注いでソファへと移動する。

「美味しかった……こんなに楽しいクリスマスは久しぶりです」

ちかちかとライトがまたたくツリーに目を細めてシャンパンを啜る。生嶌もくつろいでるようで、ソファの背もたれに腕を伸ばし、叶を軽く抱き寄せた。

甘い雰囲気が叶を迷わせる。

このまましどけなくもたれかかれば、生嶌もその気になってくれるかもしれない。

だけど、どうしていいかやっぱりわからない。

抱いてください、とか。しませんか、とか。

そんな直球を投げることができたら、自分じゃない気がする。

グラスをもてあそびながらうつむいた。

ムードを高めることすらできない自分がふがいない。

——でも、だけど、一度くらい、俺から。

思いきって口を開きかけたとき、不意にくちびるが重なった。

何度か押し当てられる熱いくちびるに意識が蕩けていく。

甘いキスに酔いしれ、ぼんやりと生嶌を見つめた。

やさしく微笑む生嶌がこつんと額をぶつけてくる。

「このまま流されそうだ」

「……だめですか?」

声が掠れるのがやけに恥ずかしい。ほしがっているのは自分だけなのか。

「僕にプレゼントをくれる?」

「なにがいいですか。できるだけリクエストに応えます。花でもなんでも」

「今度こそきみがほしい。叶」

低く艶のある声に、ばくんと心臓が跳ねる。

実際に求められると口の中がからからに乾いて、くちびるがもつれる。

こんなとき経験を積んでいたら、色っぽく生嶌を誘うことができるのだろうが、テクニックもなにも持っていない叶は顔を赤らめ、ちいさく頷くだけだ。

「ほんとうにいいの? 僕のものだけにしていいの? 一生離せなくなるけどそれでもい

い？」

「いい、です」

これ以上ない甘い囁きにこくこくと頷き、ぎこちなく身体を擦り寄せた。

「俺、……ずっと待ってた。生嶌さんに抱いてもらえるの、ずっと待ってました」

「僕もだよ。これまでどれだけ我慢したか。叶が思っている以上に僕は欲深だし、嫉妬もする。僕に抱かれたら、もう二度とこの部屋から出られなくなるかもしれないよ」

冗談めかしたその声の底に欲情と執着を感じ取り、頭がくらくらしてくる。大人の男に囚われたら、ほんとうに閉じ込められるかもしれない。

「あなたなら……構いません。もっと俺を溺れさせて。生嶌さんなしでは生きていけなくなるくらい愛してほしい」

熱っぽく口走ると、熱いくちびるでふさがれた。ついばむようなキスはほんの一瞬で、すぐにねろりと舌がすべり込んでくる。

「……っ……ふ……」

唾液をたっぷりとまとった舌に口内を蹂躙され、息が切れる。どう応えればいいのか迷いあぐねる叶の舌を搦め捕り、きつく吸い上げてくる生嶌の本気が見えた気がして、彼の背中にしがみついた。

じゅるっと音を立て、淫らに舌をくねらせる生嶌に早くも降参したくなる。

つと身体を離した生嶌が楽しげに叶の頬をさすりながら立ち上がった。

「目が潤んでるよ、叶。もうだめ？」

「ん……」

「まだまだ続きがある。こっちにおいで」

手を引かれて連れていかれたのは、薄闇が広がるベッドルームだ。

枕元のちいさなランプを点けた生嶌に組み敷かれ、繰り返しキスを交わした。最初は相手の反応を確かめるため。次第に情欲が輪郭を強くし、競うようにくちびるをむさぼった。

生嶌を喜ばせたくて懸命に舌を泳がせたけれど、彼のほうが一枚も二枚も上手だ。強く、淫らに叶の舌を吸いながら服をはだけてくる。

外気に晒されてぷつんと尖る肉芽を見つけた生嶌がやわらかに捏ねながらくちづけてきて、我慢しても喘ぎが漏れてしまう。

「んっ……ん……ぁ……っそこ……」

「叶が感じるところだ」

男の平らかな胸を弄ったってなにも楽しくないだろうに、生嶌は執拗に乳首を探り、しまいにはくちびるで吸い上げてきた。

「あ、ッ、あ、ん……！」

指で弄られるのもうずうずするが、熱いくちびるとと舌で愛されるとじわりと興奮がこみ上げてきて、腰が揺れる。

薄い色をしていた肉芽が生嶌の愛撫でだんだんと朱に染まり、最後には真っ赤にふくらんだ。つんと根元から生意気に尖った乳首をねっとりと嬲られ、断続的に声があふれ出す。

「そこ……や、だ……」

「どうして？　感じすぎるから？」

悔しいが、生嶌の言うとおりだ。

彼に触れられるようになってから、身体のそこかしこがひどく敏感になってしまった。

だけど、ほんとうにいやかと聞かれたら、そうではないから困る。

もっとしてほしい。もっと感じたい。

浅ましくねだりたいけれど、どうしても羞恥が募り、口を開いたり閉じたりした。

そんな胸中を感じ取ったのだろう。生嶌はますます尖りに執心し、甘く吸ったり、転がしたりして、叶を狂わせた。

「あぁ……っあっ、あっ」

「ここだけじゃかわいそうだよね」

ジーンズを下ろされ、ボクサーパンツの中に大きな手がもぐり込んでくる。きつく張り詰めた下肢に触れられると、身体の芯が蕩けそうだ。

「は――……」

そうだ。

肉竿をじかに触られる心地好さには抗えない。そのまま扱かれると、たちまち達してしまい

「ん……っ……あぁっ……も、だめ……っ」

身体に汗を滲ませながら、なんとか頷いた。

「感じる？」

「いって。僕の見ている前で」

「んんっ、あ、あ――あ……！」

ぬるりと扱かれて我慢できなかった。びゅくりと白濁を放ち、何度も震えた。身体の奥から熱いしずくが次々にあふれ出す。

息が切れ、腰から力が抜けてしまう。

「すごく色っぽい。このまま閉じ込めてしまいたいな」

「ん……」

潤んだ目で生嶌を見つめる。身体を起こした彼がベッドヘッドの抽斗から ボトルを取り出し、手のひらに傾ける。

「それ……なに？」

とろりと垂れ落ちる液体の正体を訊ねれば、生嶌は片目をつむる。

「ローションだよ。いまから僕と叶はひとつになる。きみの身体に負担がかからないよう気を

つけるが、無理そうなら絶対に言ってほしい」

「……わかりました……、っんぁ……！」

くたんとした身体の最奥を濡れた指が探ってきて、腰がひくりと震える。

「あ、あ、そこ……っ」

「そう、ここ。これから僕が挿るところだ」

深いところをぬるりと抉ってくる指に息を途切れさせた。

いつも綺麗に整えている生嶌の指が、誰にも明かさない場所を暴いてくることに心臓が弾む。

ローションのぬめりも手伝ってじゅくじゅくと卑猥な音を立てる身体に顔を赤らめ、途切れ途切れに声を漏らした。

「ん……っぁ……、へんな、かんじ……」

「ここはどう？」

すうっと挿ってくる指が上向きに擦りだした途端、瞼の裏がちかちかするほどの快感に襲われ、思わず喘いだ。

「だめ、そこ、あぁっ、や、や……！」

身体をしならせる叶の中をゆっくりとほぐしながら広げてくる生嶌が、深く息を吐く。

「生嶌さん……もう……だめ、おねがい、です……」

「わかってる」

微笑む生嶌が服を脱ぎ落とす。しなやかな身体に筋肉を張り巡らせた彼の雄々しい肉竿に目が吸い寄せられる。

「いい？」

「……はい」

浅く顎を引くと覆い被さってくる生嶌に、ずくんと刺し貫かれた。

「んん……っ！」

想像以上の硬さにのけぞり、シーツを乱す。

叶の身体を気遣ってか、生嶌はゆっくりと動いていたが、溶け合う場所が熱くなっていくうちにだんだんと激しくなってくる。

身体の中で熱が暴れ回っていた。突かれるたびに嬌声がほとばしり、経験足らずの身体が次第に順応していくのが自分でもわかる。

最奥を抉られると抑えきれない快感がこみ上げ、叶を振り回す。

「だめ……っだめ、おねがい、いきたい……っ」

「一緒がいい」

ずくずくと強く穿たれ、高みへと昇り詰める。

「あ、あ……！　生嶌さん……！」

「……ッ」

生嶌がぐっと奥歯を噛み締めるのと同時にふわっと身体が浮き上がるような感覚が襲ってくる。絶頂へと導かれる叶の中に、熱いしずくがどっと放たれた。

「はぁ……っ……あぁ……っ……」

「叶……」

倒れ込んでくる生嶌とキスを繰り返し、身体中がじんじんするような快感の余韻に浸った。

初めての交わりは悦くて悦くて、どうにかなりそうだ。

「……すごくよかった」

「俺も……」

鼻先を擂り合わせてくる男に微笑み、背中に手を回す。結びつきがもっと深くなるように。

「こら。僕をさらに焚き付けるつもり？」

そんなつもりじゃない、と言おうとしたが、熱の引かない身体は生嶌をほしがっている。

だから素直に頷き、彼を誘うのだ。

「もう一度……したいです」

「もう一度なんて言わないで。何度でも、叶が望むままに」

いたずらっぽく笑う生嶌に、もう陰はない。

それがひどく嬉しい。

彼の腰に両足を絡め、叶は甘いキスをもらうために顎を上げた。

「起きたら……クリスマスですよね。俺、プレゼントを用意してなかったから……明日買いますね。なにがほしいですか。なんでもいいですよ」

「ほんとうに？　どんなものでも？」

その声がなぜか寂しく聞こえたから、まばたきを繰り返した。

微笑んでいるがどこかせつない感情を秘めた面持ちを、叶は過去一度見ている。

『俺をひとりにしないで』

抱き合ったあとすがった叶に、生嶌は不思議な表情を向けてきたのだ。

「じゃあ、きみがほしい。叶がほしい」

「もうとっくにあなたのものですよ」

「そうだ。そうだね。だけどもっとほしい」

ごねる生嶌にくすくす笑い、抱きついた。

「じゃあ明日、目が覚めたらもう一度俺の全部をもらってください」

逞しい両腕が背中に回り、強く抱き締めてくる。

そして、生嶌は忘れられない声で囁くのだ。

「……ありがとう」

その言葉を彼自身が裏切るとあらかじめ知っていたら。

十六

ふと目が覚めたとき、自分がどこにいるのか一瞬わからなかった。

見慣れた天井ではなく、窓にかかっているカーテンも自室のものではない。

無意識にかたわらを手でぱたぱたと叩(たた)いたが、そこには誰もいなかった。

起き上がってあたりを見回し——そうか、生嶋(いくしま)と抱き合ったあとだと思い至る。

「生嶋さん……?」

散らばった服を身に着け、そろそろとリビングをのぞいてみた。

暖房の効いた暗いリビングの片隅で、クリスマスツリーがちかちかと輝いている。可愛らしい赤、青、黄色のランプを見つめたあと、室内を見回したが、ひとの気配はない。

トイレにも、バスルームにも生嶋の姿はなかった。

もしかして、コンビニにでも出かけたのだろうか。

玄関に行ってみると生嶋の靴だけがない。気になったのは扉の鍵が施錠されていなかったことだ。室内に叶(かなえ)がいるから、あえて開けっぱなしにしていったのかもしれないが、なんだか彼らしくなかった。

何度か、彼が経営する『ネイルサロン・嵩』の閉店作業に立ち会ったことがあるが、念入りに扉のチェックをしていた。

『泥棒に入られても高価なものは置いてないけど、荒らされても困るしね』

そう言っていた生嵩が、自宅の扉を無防備に開け放して出かけるのはあり得ない気がする。

なにも心配することはない。すこし待てば帰ってくるはずだ。

落ち着けと己に言い聞かせ、明かりを点けてソファに腰を下ろす。

そこで気づいた。ローテーブルにはスマートフォンが二台置かれていた。ひとつは叶のもので、もうひとつは生嵩のものだ。

ちょっとそこへ、と出かけていった生嵩はスマートフォンも置きっぱなしにしていったのか。

そばには黒い二つ折りの財布が置かれていることにも気づき、たちまち心臓が早鐘のように打つ。

スマートフォンも財布も持っていかず、どこへ行ったというのか。

深夜の散歩やジョギングが趣味だという話は聞いていない。

主を失った部屋はからっぽに思えて、息が浅くなる。

ついさっき熱を分け合ったばかりなのに。壁にかかる時計を見れば、寝入っていたのは一時間かそこらだ。ほんの一瞬の隙に、生嵩は出ていったらしい。

だが、どこへ？

どんな理由で？

ここ最近、生嶌の態度に変化が生じていたことを思い出し、左胸を手で押さえる。

愛情を確かめた直後に姿を消すなんて。

やはり叶が疎ましくなって突然こころ変わりしたのだろうか。

出会った頃は洒脱な大人の男という印象が強かった生嶌だが、互いに深いところを知っていくうちに、彼のもろい部分もかすかに摑んだ気がする。

微笑んでいるのにせつない感情を隠した顔が脳裏にちらつく。

東京タワーで夜景を楽しんだ夜、すでに変わりつつあったのかもしれない。生嶌の一番近くにいたのに、遠くに行ってしまう気がしてならなかった。

互いの距離が近くなればなるほど、彼が遠ざかっていく。そんなアンビバレントな感情を近頃よく味わっていた。生嶌が本気で叶の存在を重く感じていたら、抱き合うなんてこともせず、とっくに姿を消していたに違いない。

だからこそ、謎が残るのだ。

どうして、こんなふうに内側に迎え入れてくれたのに、生嶌のほうから離れていくのか。

その理由がわからず、立ち上がってうろうろと歩き回る。

疑いたくない。でも怖い。

どこに行ったのだろう。寒い夜に、どこへ行ってしまったのだろう。

玄関脇に置かれた木製のスタンドには、叶のダウンジャケットが掛かっている。生嶌のコートはなかった。ひとまず、コートを羽織り、靴を履いて外に出たようだ。

スマートフォンの時間を見れば、二十一時を過ぎたところだ。

一瞬、警察に届け出ようかという考えも浮かんだが、大人の男が数時間いないだけで警察が動くとも思えない。

しかし、脳裏にさっと浮かんだ『失踪』という言葉はなかなか消えなかった。

——俺になにも言わずに？　どこへ？　クリスマスイブなのに？

落ち着きなく部屋中をうろつき、カーテンを開いてひんやりとした窓に額を押し当てた。

遊園地は終業間近らしくざわめきは聞こえないが、まだアトラクションのネオンは点いたままだ。

この遊園地の内部は駅に直結していることもあり、遊びに来るひとはもちろんのこと、通勤路としても使われる。朝も昼も夜も、バッグを提げたビジネスマンたちがカラフルなアトラクションの横を真顔で通っていくのが叶にはおもしろかった。

ベランダに出て、園内を見下ろしてみる。当然、ここからは誰がどこにいるのかわからない。

目を覚ましてからもう二十分近く経っている。

近くのコンビニは歩いて一分のところにあるから、買い物に行っていたとしたらもう戻ってきていいはずだ。しかし、財布もスマートフォンも置きっぱなしにしている。

どこへ行ったのか。それがまず知りたい。なぜいなくなったのかということについては、生嶌が姿を現してから聞けばいいことだ。

遊園地をもう一度ベランダから見下ろし、叶はダウンジャケットを羽織った。

理由もなく、生嶌が着の身着のままでふらふらと外出するとしたら、眼下に広がる遊園地に足を運んでいる気がした――ほんとうに、そんな気がしたという程度で、まったく自信がないが、探さないよりはましだ。

それに、以前、一緒に遊園地を見下ろしたときの生嶌は得意そうだった。素敵な夜のはじまりを叶とともに過ごせたことが嬉しそうだった。

生嶌にとって、窓から見える遊園地は特別なものなのだろう。ひとによってはこれだけ近い場所にテーマパークがあったら、歓声が気になって落ち着かず、住むことをためらってもおかしくない。

しかし、生嶌はここを選んだ。

きらきらしたものが好きな彼にはとっておきの部屋だ。

思うところがあって部屋を出た生嶌が園内にいることを信じて、マンションを出た。立体歩道橋を上って遊園地内へと下ると、冷たい夜風が身に染みる。ダウンジャケットのジッパーを襟元まで上げてあたりを見回した。

どのショップもシャッターを下ろしている。クリスマスイブということもあってか、園内を行き交うひとはいない。皆、もう暖かい部屋で楽しく過ごしている頃だろう。

——さっきまで、俺と生嶌さんもそうだったのに。

かじかんできた手に息を吹きかけながらきょろきょろしたものの、ひとの気配はない。

やはり無駄足だったか。だとしたら、余計に生嶌がいまどこにいるのか気になってたまらない。せめて寒い思いをしていなければいいのだが。

またたくネオンを見上げ、きびすを返そうとしたときだった。

自動販売機の陰に設置されたベンチに人影を見つけ、おそるおそる近づいてみた。

閉園作業をしているスタッフかもしれない。会社帰りのビジネスマンかもしれない。

そのひとは、色とりどりのゴンドラが止まった観覧車を見上げている。

明かりに照らされた横顔に思わず駆け寄った。

「生嶌さん！」

コートに身を包んだ生嶌がゆっくり振り返る。ふわりと花が開くような笑みが叶の胸を打つ。

まるで、いたずらっこがかくれんぼをして親に見つかったときのような、嬉しさと照れが入り交じる顔だ。

「叶。見つけてくれたんだ」

「探したんですよ！　いきなりいなくなるから心配になって、警察に電話しようかとも思って

——なんでこんなところにいるんですか。どうして俺に一声かけていかなかったんですか」

問い詰めるつもりはなかったが——よかった、無事だった、遠くに行ったんじゃなかったという想いが沸騰して、声が軋む。

「もしかして、怒ってる？　僕のために叶は怒ってる？」

「怒ってるわけじゃないです。ただ心配だったんです。どこかに行っちゃったんじゃないかって……財布もスマートフォンも置きっぱなしだったし、せめてメモを残してくれればここまで不安にならなかった」

「僕は、叶に心配してもらいたかった。叶なら追いかけてきてくれると信じていたんだ。そう言ったら怒られると思うけど」

「……生嶌さん」

「隣に座って。寒いから手を繋ごう」

うながされるまま彼の隣に腰かけ、「どうして」と言い募った。

「どうして黙っていなくなったんですか。なんでこんなところにいるんですか」

「僕の最初の記憶はここにある」

「え……？」

丁寧に記憶をなぞる生嶌の声は落ち着いていた。

しっかりと叶の手を握っているからかもしれない。

「以前、僕ときみは似ていると言ったことを覚えてる？」

「覚えてます」

「両親がいない。その点できみと僕はそっくりだ」

思ってもみない告白に二の句が継げない。

冗談を言っているのかと横顔を窺ったが、彼は夜空に輝く観覧車を見上げていた。軽く微笑み、でまかせを言っているわけではないようだ。

「両親がいない……あなたもですか」

「うん。親がいなくなった、という点ではね。叶の場合は不慮の事故でお母さんと妹がいなくなってしまった。きみには計り知れない喪失感があっただろう。一方僕は、置いていかれたんだ。このベンチに。母親に」

「ここ……」

冷えたベンチを思わず凝視した。

「あれは暑い夏の日だ。母が、アイスクリームを買ってくるからおとなしくこのベンチで待っていてね、と幼い僕の頭を撫でてくれた。なにも疑わなかった僕は頷いて、待った。母の帰りを待った。いつまでも待っていた。だんだんと陽が暮れ、ずっとひとりでいる僕を案じた客たちがスタッフを呼んで、園内放送で母を呼んだが、誰も迎えに来なかった。遊園地はいつまでも明るかったからなにも怖くなかったし、母が帰ってくることをこころから信じていたんだ。

だけど、ほんとうに僕は置き去りにされたんだよ。ひとりにされたんだ」

母親を非難するのではなく、ただ過去を懐かしむ声が胸を刺す。

知らなかった。生嶌にそんなうつろな過去があったなんて。

だが、予兆はいくつもあった。

叶が必死の思いで、『ひとりにしないで』とすがりついたとき、生嶌は泣き笑いのような表情をあらわにした。あれを機に、彼の中に埋まる棘が顔を見せ始めたのだろう。

「三歳で施設に預けられた僕は幸いにも愛情深い所長や所員に出会い、可愛がってもらえたよ。学校にも通えたし、毎日温かい食事とベッドを用意して皆が待ってくれていた。すこしずつ大きくなるに従って僕にはもともと父がいなくて、母に置き去りにされた事実も飲み込めた。どんな理由で母が僕をここに置いていったのかはいまでもわからない。知りたいという気持ちもない。ただ、いつもこころの隅に穴が空いていた。母の宝物になれなかったという想いが募るたびに、いつか……いつか出会えるひとをこころから愛して、宝物にしたいと願ってきた。自分だけが愛せるひとと出会いたい、そう願っていた」

ぎゅっと強く手を握られたことで、生嶌と視線を絡め合った。

「きみと出会ったとき、きみの手を見せてもらったとき、生まれて初めてこころが動いた。それまでたくさんのひとを目にしてきたけど、叶ほどひたむきに仕事している手には出会ったことがなかったんだ。大好きな花を大切に扱うために指先を綺麗にしたいという思いにも惹かれた。シンプルな思いを大事にしている叶と会うたび惹かれていった。……きみに愛されたい、何度そう願ったか」

でも、と生嶌が息を吐く。

「きみの身の上を知ったとき、運命かとも思ったが、同情心で寄り添うことだけはしたくなかった。孤独感を抱えながらも、叶は前を向いていたからね。その背中を押して、僕もきみと一緒に、ほんとうの光の中へ行きたかったんだ。きみを愛することで僕も大人になりたかったし、強くなりたかった」

「生嶌さんは充分強いですよ。どんな過去があったとしても、自分の望む道を歩んできたじゃないですか。迷ってばかりだった俺とは大違いです」

「叶の前では格好つけていたんだよ。がっかりされたくなかったから。試すようなことをしてほんとうにごめん。きみに置いていかれたら、僕は生きていけないよ」

照れくさそうに笑う生嶌がいとおしい。

いつかの彼は言っていた。

『きみと一緒に変わりたいんだ』と。

「俺は……そんなに褒められるものじゃないです。あなたに会うときはいつもはらはらしたし、爪を綺麗にしてもらえることで勇気ももらいました。同じ男性でも五つ違うだけでこんなに大人なんだとか、生嶌さんほど綺麗なひとは見たことがなかったとか、ほんとうにいろいろ考えて……好きになったのは俺のほうが先だし、見捨てられたらどうしようって恐れていたのも俺が先です」

「違う、僕が先に好きになったんだ」

「嘘（うそ）です、俺が先ですよ」

どうでもいいことで張り合い、ふたりしてふっと笑み崩れた。

一瞬の温かさが互いの隔たりを限りなく薄くしていく。

「生嶌さんのサロンを見つけたのは——職場の店長に教えてもらった、というのが正しいんですけど、俺のほうなんですから。俺が先にあなたを好きになったんです」

「百歩譲ってそうだとしても、手を出したのは僕だよ」

譲らない生嶌に思わず頬をゆるめた。

寒いけれど、互いの手を通じてなだれ込むやさしい熱にほっとし、生嶌に身体を寄せた。

「あなたに出会えてよかった。生嶌さんが見ていてくれたからこそ、俺は前に進めた。失敗もしたけど……あれは大切な経験なんですよね」

「うん。僕だっていまに至るまでたくさん失敗したし、挫折（ざせつ）もした。——母に置き去りにされたあの日、観覧車はとても綺麗だった。幼いながらにも見とれたよ。きらきらしたものを好きになって追い求めたのは、過去のトラウマを覆したいという反動もあったかもしれない」

「だから、あのマンションに？」

「ああ。窓を開ければいつだってそこに光がある。楽しい声も聞こえてくる。いつか母が僕を迎えに来てくれるんじゃないかという想いがどこかにあったから、あの部屋を選んだのかもね。でも、いまとなってはそれもまぼろしだと断言できる。僕の光は、叶、きみだよ」

愛の言葉よりもまっすぐ胸を撃ち抜く声に、目頭が熱くなる。

「僕はこの寂しさを克服したかった。胸に巣くう闇を今夜このベンチに置いていく。叶が来てくれたから。ずるい大人でごめん。格好悪いよね。心配させてごめん。でも、叶なら僕を捜して迎えに来てくれると信じていたんだ、きみなら絶対に。――僕に幻滅した？」

「するわけないじゃないですか……俺のほうこそ、あなたに愛されたかったし、愛したかった」

「僕の願いを聞き届けてくれるのはきみだけだ。名前のとおり、叶だけだ」

途方もない寂しさを植え付けられただろうに、それでもなお、自分を信じてくれたことが奇跡に思える。

「……俺、生嶌さんの前で何度泣けばいいんだろ……情けないなと思っても、なんか……どうしても止められないんですよ……」

うつむいて鼻を啜る叶の頭を抱え込む生嶌が頬ずりしてくる。

「ありがとう、叶。僕を見つけてくれて、ほんとうにありがとう」

こころに深く染み入る声に、涙腺が壊れそうだ。

輝く観覧車を見上げて、いつまでも迎えを待っていた生嶌。

震えそうな声を懸命に抑え、微笑みかけた。そして彼に向かって両腕を広げた。

「おかえりなさい、生嶌——一哉（かずや）さん」

目を瞠（みは）った次にくしゃりと笑って抱きすくめてくる大人の男の涙は、光を弾いてきらきらと夜の静寂に溶けていく。

終章

春の陽射しは空と海の境目をなくし、どこまでも続く青が叶と生嶌の目を楽しませる。

ふたりとも、真っ赤なカーネーションを手にしていた。

「この海なんだね」

「はい」

その昔、母と妹をさらった波は一定のリズムで打ち寄せ、砂浜を黒く濡らす。

身体もこころも生嶌と結びつけた叶はいままでにない強さを身に着け、彼を連れてここにやってきた。

一度はフローリストとしての自信を失ったが、根気強く叶を支えてくれた松本から新たな仕事が舞い込んだ。

銀座のホテルのロビーを飾った花の美しさは日が経ってもひとびとの間で語られ、経営者である松本が正式に依頼してきたのだ。

『うちの専属のフローリストになってほしいって重役会議でも満場一致したの。岡崎さんの才能が開花したのよ。専属になったら、ロビーはもちろん、ハイクラスのお客様が泊まるスイートルームの花々も手がけることになるのよ。うちは国賓が宿泊する際にもよく使われるの。そのときどきのお客様に合わせて、岡崎さんが花を生けるのよ』

『でも、俺、ウェブ動画で失敗していて』

そう打ち明けると、松本は軽く頷いた。

『動画で使われた花は岡崎さんが用意したものじゃないわよね。私が過去セッティングした場もそうだけど、岡崎さんはその場その場にあるもので精一杯努力している。あなたはたった一度のつまずきですべてを失うと案じているのかもしれないけど、私も、世間もそんなに冷たくないわ。うまくいくときがあれば、そうじゃないときもある。大事なのはつねにベストを尽くすことよ。口で言うほど簡単じゃないことは私もよくわかってる。でも、私だって多くのひとを目にしてきてるんだから信じてほしいの。岡崎さんだったら大丈夫。かならず、あなたが抱いた夢を叶えられるわ』

おおらかに笑ってもらえたことで胸のつかえがやっと下りた。

生嶌も松本もたくさんのひとを見てきたうえで、叶に希望を託してくれているからこそ、ずっと背中を押してくれた。

数知れない挑戦が毎回成功するとは限らない。目も当てられない失敗を経験することだってこれからいくらでもあるだろう。

だが、いまは信じられる。

未来を憂うよりも、豊かな可能性が広がっていることに胸を躍らせるほうが大切だ。

失敗を怖がり、愛情や信頼を失うことに怯えていた自分とはお別れだ。

諦めさえしなければ、何度だってチャンスは巡ってくる。取り返しはつくのだと自信を持って歩んでいける。

生嶌とともに。

松本が楽しそうに言っていたことを思い出す。

『あの動画ね、岡崎さんができる限りの美しいブーケに仕上げたことを賞賛するコメントだって多くついてるのよ。見てない？』

『……一度しか見てないんです。怖かったから』

『あれは、あなたにとってのひとつの通過点。あれだけで才能が折れるなんて思わないで。岡崎さんの手から生まれる彩りを、私をはじめ、たくさんのひとが待っているのよ』

つねに見守ってくれた松本にそこまで言われたら、断る理由もない。

さらなる高みへ。

大きなステップへ踏み出そうとする叶を、フラワーショップ『貴宮』店長の四葉もスタッフたちも、おおいに喜んでくれた。

『私も岡崎くんも、花の一番鮮やかな時を知ってるよね。働く場所は変わるけど、岡崎くんだったら大丈夫だよ。きみの活躍、楽しみにしてる』

そう言って送り出してくれた四葉たちには、何度礼を言っても足りない。

来月——四月から、叶は銀座のアイコンであるホテルの専属フローリストとなる。

この躍進に生嶌は誰よりも喜び、昨晩は麻布の隠れ家的なフレンチレストランで祝ってくれた。その席で、彼から一本の鍵を渡された。

あの美しい夜が待つ部屋の鍵だ。

——一緒に暮らそう。おかえりも、ただいまも、これからは叶と言いたい。

こころから待ち望んでいた言葉に温かな涙がこぼれるのを感じながら、叶は頷いた。

生嶌はクリスマスイブに宣言したとおり、もろい過去に別れを告げ、叶と迎える日々に正面から向き合っていくと笑っていた。

そして今日、想い出が眠る海へとふたりで訪れた。

パステルブルーの空に、白い雲がちぎれて溶けていく。

胸の中で母と妹を想う叶に、生嶌はなにも言わずに寄り添ってくれた。

瞼を開き、静かな海を見つめる。

これから歩む日々も、穏やかだったり、荒れ狂ったりするだろう。

だが、恐れるこころはもうどこにもない。

すべての出来事が自分を生かすのだ。

信じるひとびとが、生嶌がそばにいる限り、挑み続けられる。

かたわらに立つ生嶌を見上げ、目配せした。

「いいですか？」

「うん」

「思いきり遠くに投げて」

「わかった」

晴れやかな笑みを交わし、ふたりそろって光が跳ね飛ぶ海の向こう——水平線の先で待つ未来に向けて、愛を信じるという言葉を秘めた花を投げた。

あとがき

こんにちは、またははじめまして、秀香穂里です。

この本が出る頃はもう初夏ですね。花も緑も美しい季節、ということで、今回はフローリストとネイリストのお話にしてみました。個人的にどちらも大好きな職業です。仕事柄、あまり外出しないので、せめて爪は綺麗にしておこうかなという感じで、毎月ネイルサロンに通っています。お花も素敵ですよね！　生花はとくに季節ごとのものがあるので、自分で買ったり、ひとに贈ったりします。

そんなこんなで「好き×好き」の組み合わせ、いかがでしたでしょうか。

叶と生嶌、かなり慎重に描きました。いろいろとあるふたりなので、バックボーンを探りつつ、互いを支え合っていけるとよいなと思います。今回はあとがきでもっといろいろ書こうと意気込んでいましたが、いざその場になるとなにを書いてもネタバレになりそうなので、ぐっと堪えつつ、お世話になった方々にお礼を申し上げます。

なんとも麗しいイラストを手がけてくださったＣｉｅｌ先生。想像以上に美人な叶と生嶌にどきどきしました！　まつげの先までも綺麗です……。どんな構図で表紙をいただけるんだろうとうきうきしていたら、もうもう！　背後から叶をそっと抱き締める生嶌がかっこよすぎて目を瞠りました。お忙しい中、ご尽力くださいまして、重ね重ねありがとうございます！

担当様。今回もさまざまなことに迷いましたが、しっかりと導いてくださったことにこころより感謝申し上げます。精進して参りますので、今後もよろしくお願いいたします。

そして、最後までお読みくださった方へ。

叶や生嶌とともに、海に遊びに行ってくださいませ。東京にいらっしゃる際は、東京タワーはもちろんのこと、スカイツリーにも来てくださいね。どちらもめちゃくちゃ綺麗な夜景が楽しめます……！

それでは、また次の本で元気にお会いできますように！

この本を読んでのご意見、ご感想を編集部までお寄せください。

《あて先》〒141-8202　東京都品川区上大崎3-1-1　徳間書店　キャラ編集部気付
「官能の2時間をあなたへ」係

【読者アンケートフォーム】
QRコードより作品の感想・アンケートをお送り頂けます。
Chara公式サイト http://www.chara-info.net/

■初出一覧

官能の2時間をあなたへ……書き下ろし

官能の2時間をあなたへ

……【キャラ文庫】

2023年5月31日　初刷

著者　秀 香穂里

発行者　松下俊也
発行所　株式会社徳間書店
〒141-8202　東京都品川区上大崎3-1-1
電話　049-293-5521（販売部）
03-5403-4348（編集部）
振替　00140-0-44392

印刷・製本　図書印刷株式会社
カバー・口絵　近代美術株式会社
デザイン　モンマ蚕（ムシカゴグラフィクス）

定価はカバーに表記してあります。

本書の一部あるいは全部を無断で複写複製することは、法律で認められた場合を除き、著作権の侵害となります。
乱丁・落丁の場合はお取り替えいたします。

© KAORI SHU 2023

ISBN978-4-19-901100-9

キャラ文庫最新刊

手加減を知らない竜の寵愛

稲月しん
イラスト✦柳瀬せの

剣術は随一なのに、魔剣がないせいで準騎士止まりのタムル。ある日、遺跡で魔物に襲われたところを、不思議な青年に助けられ…!?

官能の2時間をあなたへ

秀 香穂里
イラスト✦Ciel

生い立ちが原因で人と打ち解けられないフローリストの叶(かなえ)。水仕事で荒れた手指が気になり、ネイリストの生嶌(いくしま)の店を訪ねるけれど!?

事件現場はロマンスに満ちている

神香うらら
イラスト✦柳ゆと

食料品店で強盗事件に遭遇した、ロマンス作家の雨音(あまね)。犯人を取り押さえた刑事を新作のモデルにした矢先、思わぬ場所で再会して…!?

6月新刊のお知らせ

櫛野ゆい　イラスト✦円陣闇丸　[冥府の王と二度目の神隠し(仮)]
小中大豆　イラスト✦みずかねりょう　[鏡よ鏡、毒リンゴを食べたのは誰？2(仮)]
夜光 花　イラスト✦サマミヤアカザ　[無能な皇子と呼ばれてますが中身は敵国の宰相です②]
吉原理恵子　イラスト✦笠井あゆみ　[渇愛(上)(仮)]

6/27(火)発売予定